書下ろし

はないちもんめ 夏の黒猫

有馬美季子

祥伝社文庫

目次

第一話　桜とぼたん鍋

一

行灯の柔らかな明かりに照らされて、桜が艶やかに咲き誇っている。薄紅色、紅色、白色。花びら一枚一枚はまことに儚いが、幾重にも合わさると夢のような美しさだ。

八丁堀は北紺屋町の料理屋〈はないちもんめ〉では、毎年弥生（三月）になると桜の切り枝を飾り、店の中で花見を楽しんでもらえるよう工夫を凝らす。五十畳の広さの座敷のあちらこちらに枝が飾られ、弥生も下旬の今では、満開の賑わいを見せていた。

野趣な土ものの花器に生けられた桜と、店の女将を交互に眺めながら、木暮は上機嫌で酒を啜った。

「この店に来ればこんなに見事な桜が見られるのだから、今年もわざわざ花見に行く必要などなかったわ。桜と女将の傍らで過ごす、至福の刻だぜ」

「まあ、旦那。……ありがとうございます」

お市は色白の頬を仄かに染め、嫋やかに微笑む。〈はないちもんめ〉の女将であるお市は三十六歳。女らしいふくよかさに満ちている。桜色の縞の着物を纏ったお市は、匂うような色香を漂わせつつ、木暮に酌をした。

　板前の目九蔵が作る垂涎の料理はもとより、美人女将と謳われるお市を目当てに通ってくる客は多く、木暮もその一人だ。ちなみに木暮小五郎は南町奉行所に勤める四十三歳の定町廻り同心。奉行所では上役にがみがみ叱られ、家では内儀の尻に敷かれ、腹が出ている上に脚は短く、まったくもってうだつの上がらぬ男だが、どういう訳か美女のお市と気が合っているのだ。

　お市に鼻の下を伸ばす木暮の隣で、奉行所の同輩の桂は桜に目を細めていた。

「毎年、女将が生けているのでしょう？　たいした腕前です。土ものの花器に挿しているので、よけいに桜の繊細さと麗しさが引き立っております」

「お褒めのお言葉、嬉しいですわ。さすがは桂様、花の美をお分かりなのですね」

　お市は桂にも丁寧に酌をする。その横で木暮は苦笑いだ。

「おいおい、女将。それじゃ俺は花について何も分かってねえ、無粋な男みたいじゃねえか」

「仕方ありませんや。旦那はなんだかんだ女将を見ていれば満足なんですから」

「そうそう、この店に桜を見にいこうなんていうのは、女将に会いたいがための口実でんがな」

木暮に突っ込みを入れる二人は、岡っ引きの忠吾と、その子分である下っ引きの坪八だ。

忠吾は大男で腕力に長けており、木暮の実に忠実な手下であるが、睫毛が妙に長いのがなんとも言えぬ二十八歳。坪八は忠吾の半分ほどの小男、上方の出で非常にすばしっこく、驚くほど出っ歯の二十五歳。この凸凹親分子分は、〝羆の忠吾、鼠の坪八〟として八丁堀界隈でも知られていた。

「まったくお前らときたらなあ！　まあ確かに俺は花なんて柄じゃねえけどよ」

不貞腐れる木暮に、お市は優しく微笑む。

「あら、旦那はそれでいいのよ。旦那に花の蘊蓄があったりしたら……そのほうがなんだかおかしいわ」

「そりゃそうだ」

木暮が額をぴしゃりと叩くと、桂、忠吾、坪八は揃って頷いた。

桂右近は木暮より二つ下であるが、木暮と違って二枚目で仕事も優秀、礼儀正しく、酔っても決して乱れない。よき同心であり、よき夫。非の打ちどころがないような男だが、実は非常に髪が薄く、それを本人も気にしており、付鬢（鬘）をしている。巧く誤魔化せたと澄まし顔だが、そう思っているのは本人だけで、木暮をはじめ皆が気づいていた。

四人それぞれ個性は違うが、桜を美しいと思う気持ちは同じである。男たちはお市に酌をされ、花見気分で御満悦だった。

すると、大女将であるお紋が料理を運んできた。

「はいはい、お待たせしました。まずは〝筍に蕗の薹のたたき添え〟だよ。そのままでも美味しいけれど、是非蕗の薹のたたきをつけて召し上がってみてね」

皿を出され、木暮たちは「おおっ」と目を瞠る。皮がついたままのものを縦半分に切った、五寸（約一五センチ）ぐらいの大きな筍だ。

「これは茹でてあるのかい？　色艶といい、すくすく育った、見るからに活きのよい筍じゃねえか」

「蒸し焼きにしてるんだよ。皮は簡単に取れるから、硬いのを二、三枚外して、塊ごと頰張ってくださいな」

お紋に促され、一同「それでは」と箸で筍の皮を剝く。蒸し焼きにしたそれは微かに湯気を立てていて、みずみずしい香りが鼻をついた。

土から出てきた若い命、筍。それにかぶりつき、一同は目を瞬かせ、満面の笑みを浮かべた。

「なんだこれは！　何もつけずに、そのまんまで、これほど旨いなんてよ！」

「まさに、筍の命をそのままいただいているようです」

「こういうものを食べやすと、自然の恵みって意味が分かりやすね」

「筍ってこないに旨かったんでんなあ。筍いいますと若竹煮とか、煮つけた料理が多いでっしゃろ？　こないな料理をいただきますと、筍って変に味付けしないでそのままのほうがええんちゃうかと思いますわ」

男たちは夢中で筍を頰張る。嚙み締めつつ、木暮がふと呟いた。

「この味、何かに似てねえか」

「玉蜀黍ちゃいますぅ？」

坪八が答えると、「そうだ、そうだ、玉蜀黍だ！　あの味をもっと清々しくしたようだ」と一同納得する。

素材そのものの味を楽しんだ後、蕗の薹のたたきをつけて食し、男たちは感嘆した。

「蕗の薹っていうから苦味があるかと思ったら、まったくねえな。しっかりアク抜きしてんだな。これ舐めながら、酒がいくらでも呑めそうだ。絶品だぜ」

「色がまた鮮やかでいいですよねえ。目が覚めるような緑色で、こちらも生命力に満ちています」

「筍も蕗の薹もどちらも旬で、まったく贅沢ですぜ」

「蕗の薹の味噌は食べたことありましたが、たたきっちゅうのは初めてですわ。粘り気があって、爽やかな味わいで、筍に合いまんなあ。木暮の旦那が仰るように、これだけでも最高の酒の肴ですわ」

「おう、大女将、酒を追加で頼む！」

お紋は「はい、ちょっと待っててねえ」と板場へと急いで向かう。

この店の大女将であるお紋は五十五歳。顔は自他ともに認めるおかちめんこだが、どんな着物も粋に着こなし、木暮に「婆あだけれど枯れてはいねえ」と言わしめる、なかなか魅力のある女だ。

この店の客には、お市に甘えたい者だけでなく、お紋にずけずけと言われるのを密かに悦びとしている被虐趣味の者も結構いる。嚙めば嚙むほど味が出る、まさに鯣のような女こそがお紋である。

お市はお紋の娘であり、孫のお花も一緒に、女三代で〈はないちもんめ〉を営んでいる。そのお花はといえば、別の席で、馴染(なじ)みの客に酌をしてもてなしていた。けたたましい笑い声が、木暮たちのほうにも時折聞こえてくる。

十八歳のお花は、この店の見習い娘だ。お紋言うところの〝牛蒡(ごぼう)のような〟容姿だが、毎日元気いっぱいに飛び跳ねている。色黒の健やかな肌に黄八丈(きはちじょう)の着物がよく似合い、さっぱりとした気性のお花に惹(ひ)かれて通ってくるお客というのも、これまた結構いるのだ。

些細(ささい)なことなど笑い飛ばして生きているお紋、お市、お花たちを〝三莫迦(ばか)女〟だの〝ずっこけ三人女〟だのと言う者もいるが、この三人はそういった揶揄(やゆ)は気にしないのか、或(あ)いは開き直っているのか、その気性をまったく直そうとしない。否(いな)、それどころか、日々増長しているかのようでもあった。

お紋は酒と一緒に、次の料理も運んできた。

「〝白魚(しらうお)の卵とじ椀(わん)〟だよ。こういう風流な料理は、桜に合うと思ってね」

差し出された椀を眺め、木暮たちは目を細めた。卵と出汁(だし)が溶け合った、甘やかでコクのある香りが椀から漂う。

「白魚、卵、三つ葉。彩りも堪(たま)りませんな、食欲をそそられます」

桂の言葉に皆頷き、早速椀を手にして食べ始める。卵がふんわり絡(から)んだ小魚が、胃ノ腑にするすると下りてゆく。

「白魚ってのは、見た目も味も美しいなあ」

木暮がしみじみ呟くと、お紋は「旦那も結構気の利いたことを言うじゃない」

と笑った。

かつて白魚漁は佃島の漁師たちの特権で、獲れた白魚は将軍家に献上されていたが、いまや庶民でも口に出来る。大川や江戸前では暗いうちに舟に篝火を焚き、白魚をおびき寄せて、四手網で掬い取る。白魚漁は春を告げる風物詩でもあった。

「なるほど料理ってのは見てくれも大切ってことですな。白魚の卵とじなんてのは、酒が進んじまって困りやすぜ」

食べては呑みを繰り返す忠吾にも、お市は丁寧に酒を注ぐ。「ありがとうございやす」と頬を紅潮させている忠吾を眺め、木暮は苦い笑みを浮かべた。

「旨い料理で酒が進むのは仕方がないが、あまり呑み過ぎるなよ。女将もほどほどにな」

「はい、かしこまりました」

お市は微笑み、肩をすくめてみせた。いかつい大男の忠吾だが、実は男色の気があって、密かに木暮に惚れているのだ。それゆえに非常に忠実な手下という訳だが、普段はその思いを秘めている。けれども酔っ払うと抑えきれずに時に暴走してしまうことがあり、それを木暮は危惧している。面倒見のよい木暮は、忠吾を子分として可愛がっているのだが……迫られるのはやはり迷惑のようだ。

木暮の気持ちが手に取るように分かり、お市とお紋は顔を見合わせくすくすと笑う。すると坪八が、驚くほどの出っ歯で白魚を食みながら、口を挟んだ。

「確かに親分が酔っ払ってくねくねし始めると、恐ろしいものがありますわな」

忠吾は子分を睨んで一喝した。

「うるせえ！　お前はよけいなこと喋らずに、ちゅうちゅう言って飯食ってろ！」

「へえ、すんません。でも白魚はちゅうちゅうではなく、するするする、でんな。するするいくらでも口の中に入って、するするする喉を通って、優しく胃ノ腑に下りていきますぅ。絶品するするする白魚料理でんな」と坪八は減らず口だ。

「絶品するするする白魚料理か。そいつはいいや」

「坪八さん、あんた巧いこと言うじゃない」

「へえ、おおきに」

などと皆で笑っていると、戸が開き、客が入ってきた。目をやり、四人は急に背筋を正す。木暮たちの上役である、南町奉行所与力の藤江蔵人が岡っ引きらしい男を従えて現われたのだった。

お紋は「いらっしゃいませ」と大きな声を出し、「ちょっと挨拶してくるね」とお市に告げ、衿元を直しながら藤江たちの席へと向かう。藤江は常連というほどではないが、時折こうして配下の者たちを引き連れ、〈はないちもんめ〉を訪れるのだ。

少し離れて座った藤江に、木暮たちは丁寧に辞儀をする。上役といっても藤江はうるさくもなく気心が知れているので、かしこまる必要はないが、それでもやはりどこか緊張してしまう。木暮は桂に小声で訊ねた。

「一緒にいるのは、岡っ引きか」

「そうと思われます」

「亀次ですぜ。米沢町に住んでる」

目が合い、忠吾は亀次と会釈を交わす。亀次は忠吾より若く見えるが、五つほど年上だという。岡っ引き同士は仲が悪いこともあるが、忠吾曰く「亀次はいい奴」とのことで、ごくたまに一緒に呑むこともあるという。

明るく元気のよい兄貴といった雰囲気の亀次は、人望があるようで、藤江にも頼りにされているらしく、忠吾も一目置いているようだった。

藤江は木暮たちを眺めながらお紋に何か訊ねていたが、お紋が下がると大きな声を出した。

「こちらを気にせず、楽しめ。桜の下では無礼講だ」

木暮たちは「どうも」と笑顔で頭を下げる。木暮よりも三つ年上の藤江は、話の分かる男なのだ。木暮たちが再び賑やかになると、お紋が酒を持って戻ってきて、藤江たちに酌をした。少し経って、目九蔵が彼らに料理を運んだ。

「〝白魚の蕎麦仕立て〟です。お好みで汁に山葵を溶かして、ほんの少しつけて召し上がってください」

皿の上に、蕎麦に見立てたように白魚が盛られている様は、まさに垂涎もである。木暮たちが白魚を旨そうに食べているのを見て、藤江も白魚の料理を欲したようだ。藤江は木暮ににっこり微笑むと、「では」と〝白魚の蕎麦仕立て〟に箸をつけた。その様子を眺めつつ、木暮は桂に耳打ちした。

「あの蕎麦仕立てっての、なんとも旨そうじゃねえか。なんで俺たちに出さなかったんだろう」

「まったくです」

桂もぶすっとして答える。

至福の表情で食べる藤江と亀次を見ながら、木暮たち四人はつい険悪な目つきになる。亀次が「いやあ、最高に旨いですわ！　白魚の清らかな味が広がって、口の中も胃ノ腑も、新鮮になるようです！」などと騒ぐから、よけいに妬ましさが募る。四人にじとっと見られながら、藤江と亀次は山のように盛られた白魚をちょこっと蕎麦汁につけ、むしゃむしゃと頬張った。

「これは細切りにした大根も混ぜているのだろう？　どうりで歯応えがよく、いっそうみずみずしい」

「はい、仰るとおりです。白魚を蕎麦に見立てるという料理は、宝暦に出された『料理珍味集』（宝暦十四年／一七六四）に書かれてありますが、それに一工夫加えてみました。白魚だけだとどうしても軟らかくなり過ぎますので、大根の細切りを混ぜ合わせて、盛りつけが崩れるのを防いでみたんです」と目九蔵は丁寧に答える。

「なるほど。いや、これは実に旨い。魚と野菜をたっぷり食べられて躰にもよさそうだ。板前、いいものを出してくれて、礼を言うぞ」

「ありがとうございます。ごゆっくりお楽しみください」

目九蔵は礼をし、板場へ戻っていく。酒の入った亀次が、陽気な声で言った。

「いやあ、白魚は本当にいいですわ。筑前（ちくぜん）に住んでた子供の頃のことを思い出します。躍り食いをするんですよ、白魚の」

「ああ、お前は筑前の出だったな。躍り食いというのも旨そうだな」

「ええ。このちっこい魚が口の中で飛び跳ねるんです。酢（す）と醤油（しょうゆ）を合わせた二杯酢で呑み込んじまうんですが、胃ノ腑に下りても動いているようで、まさに命をいただいてるような、後ろめたいようなありがたいような、おかしな感じで」

「でも旨いという訳だな」

「はい。まあ、そのとおりで」

などという話が聞こえてきて、木暮たちはごくりと喉を鳴らす。忠吾は桜を見やり、目を潤（うる）ませた。

「桜の淡く儚い美しさには、白魚の清らかな味ってのが合うんですねえ」

「親分、顔に似合わず乙女（おとめ）なことを言いまんなあ」

四人が溜息（ためいき）をついていると、お客を送り出したお花が鍋を持って現われた。お市が急いで七輪を用意する。

「柄にもなく、なにをしんみりしてんだよ！　旦那たちにはこれだろ、猪肉たっぷりの〝ぼたん鍋〟だ！」

お花は大きな鍋を七輪にかけ、にやりと笑う。薄く切った猪肉は鮮やかな赤色で、生き生きと力強い。鍋には既に豆腐、葱、滑子、蒟蒻が入っていて、煮込んである。食材が溶け出た汁の匂いが漂い、鼻腔をくすぐる。

お市は猪肉を、そこに少しずつ入れていった。鮮やかな赤い肉が、ぐつぐつと煮えていく。木暮は唇を舐め、手を打った。

「おう、俺たちにはこれだな。桜を眺めながら〝ぼたん鍋〟を食すなんざ、乙なことこの上ないぜ」

「まさに。実に洒落ております」

桂は大きく頷き、忠吾は小鬢を掻く。

「あっし、恥ずかしいことに猪肉を食べるのは初めてで、心ノ臓がドキドキしておりやす」

「親分が猪食べたら、まさに共食いでんがな」

坪八がまたもよけいなことを口走り、忠吾にぎろりと睨まれる。

〈はないちもんめ〉で獣肉を扱う料理を出すようになったのはつい最近だ。店の目玉に〈不老長寿の料理〉というのがあるのだが、その品書きに鴨や軍鶏の料理を考えたのがきっかけだった。「食べると力が出る」と、とても好評を得たのである。

お市は菜箸でゆっくりと猪肉を動かして火を通し、赤い部分が灰白色になった頃に引き上げ、銘々の椀へとよそってゆく。

「板前が言っていたけれど、猪肉ってね、脂が汁に溶けても固まらないんですって。つまりは食べても、脂が躰に溜まらずに流れてしまうみたいよ」

「ほう。肥えにくいってことか」

「そうなんですって。猪肉は躰にとてもよいので、皆様心ゆくまで召し上がってくださいね」

お市に渡された椀を手に取り、木暮たちは一斉に食べ始める。よく火の通った猪肉を嚙み締め、味わい、目尻を垂らす。

「軟らけえなあ。猪って硬いんじゃねえかっていう思い込み、鮮やかに裏切られるな」

「まさに。蕩けるようで、驚いております。臭みもほとんどありません」

「これが猪肉っすか……。この味を知ることが出来やしたから、あっし、いつ死んでも悔いはありませんや」

「親分、それは大袈裟（おおげさ）でんがな。わてはこの味を知りましたさかい、これから何度でも食いたいですから、長生きすると決めましたわ」

四人の男たちは、猪肉に骨抜きにされてしまったかのように、恍惚（こうこつ）としてぼたん鍋をひたすら食む。

「この猪肉の旨みが汁に溶けてよ、葱や豆腐によく染み込むって訳だ」

「出汁も利いてますよねえ。昆布（こんぶ）と鰹節（かつおぶし）で取ってるんでしょうか。甘過ぎない汁が、とてもいいです」

「目九蔵さんはわてと同じ上方の出やさかい、この店の味、わての舌にホンマに合うんですぅ。生粋（きっすい）の江戸っ子の板前が作ったものやと、甘過ぎることがありますさかいに。味醂（みりん）や砂糖をあんなに使わのうても、こないによい味出せますのに、もったいないですぅ」

「本当に絶品ですわ。猪肉のおかげで、力が沸々（ふつふつ）と湧いてきましたわ」

男たちは額に汗を浮かべ、鍋と酒を交互に楽しむ。

そんな木暮たちを、〝白魚の蕎麦仕立て〟を食べ終えた藤江と亀次が、じとっと眺めていた。

「旦那たち、元気になってくれてよかったよ！　じゃあ〆はどうする？　雑炊にする、それとも饂飩でいく？」

お花に訊かれ、男たちは顔を見合わせる。もう腹はいっぱいなのだが、〆となると入ってしまいそうだ。考えた挙句、木暮が「饂飩でいこう！」と声を上げた。

「よし、じゃあ用意してくるね」とお花が板場へ向かうと、お市が木暮に訊ねた。

「旦那、もしや藤江様の〝蕎麦仕立て〟に対抗して、〝饂飩〟なの？」

「そ、そんなんじゃねえよ！　この味には饂飩のほうが合うんじゃねえかと、なんとなく思っただけだ」

「いやいや、木暮さん、さっき悔しそうに見ていらっしゃいましたよ」

「まあ、あっしらには野性味溢れるぼたん鍋でよかったんじゃねえかと」

「確かに。わてら、むさ苦しいですし」

そんなことを喧々言っていると、お花が〆を運んできた。だが先ほど訊いたにも拘わらず、皿には饂飩と御飯が両方、適度に盛られている。

「目九蔵さんが、『ぼたん鍋をそないにお気に召してくださったなら、両方味わ

ってください』ってさ。鍋物って、一〆饂飩、二〆雑炊とも言うんだろ？　では
まず饂飩から」
　お花は饂飩を鍋に入れ、続いて卵を割り入れて、再び七輪にかける。蓋をして
煮立ってきてもそのままで少し待ち、卵がいい具合に固まってきた頃に椀によそ
って食べる。
　すると木暮の言葉のように、「胃ノ腑が震えるぐらいの旨さだぜ」となる。
お腹がいっぱいでも、つるつると滑らかな饂飩ならば結構食べられる。一〆の
頃には、汁に色々な食材の旨みが複雑に溶け合って、実によい味になっている。
その味が染み込んだ饂飩が絶品なのは、言うまでもない。饂飩を食べ終わる頃に
は、豆腐や葱の欠片もなくなって、残っているのは少しの汁のみ。
　そして二〆では、あまり汁に御飯を入れ、煮立てて染み込ませる。汁一滴も残
さず、鍋を空っぽにしてしまおうというのだ。あまり汁が染み込んだ雑炊は、満
腹でも入ってしまうものだ。
「桜を見ながらこんなものが食えるなんて、幸せですぜ、本当に」
　忠吾がしみじみ言うと、男たちは大きく頷く。
「猪肉の旨みが溶け込んだ汁を吸って、この雑炊、コクがあるなあ。でも、しつ

こくねえから、腹いっぱいでも入っちまうんだ」

「濃厚だけれど諄くはないんですよね」

「猪って野山を走り回っているから、肉も健やかなのかもしれませんや」

「こないに猪肉を食べますと、猪になったような気になってきますわ。明日の朝起きたら、猪になってましたらどないしましょ」

「鼠から猪へ化身してたら、忠吾と変わらなくなるじゃねえか」

「あっ、酷いですぜ、旦那」

笑いが起きる中、お花が元気いっぱいに言った。

「旦那たちには猪みたいに猛進してほしいからさ！　この世の悪を捕らえてもらうためにね」

お花に快活に励まされ、木暮たちは「頑張るかあ」と腹をさする。するとお紋がふらりと戻ってきて、口を挟んだ。

「そうだよ。頑張ってもらわないとね。いつもいつも私たちの力添えで捕らえてりゃ世話ないよ」

「けっ、そんなこと言われなくても分かってらあ。大きなお世話だってんだ」

楊枝を嚙みつつ顔を顰める木暮に、お花も口を出す。

「だってさあ、ついこの間の事件だって、あたいたちの力添えがなかったら到底解決出来なかっただろ？　幽斎さんの知恵がなかったら、今頃どうなっていたんだろ」

痛いところを突かれ、木暮はぐうの音も出なくなる。まさにお花の言ったとおりであるからだ。ちなみに幽斎とは、お花が憧れている人気占い師で、薬研堀のほうに占い処を構えている。

項垂れてしまった四人の男を眺め、お市は酸っぱい笑みを浮かべた。

「大女将もお花も、そのぐらいにしておきなさいよ。……旦那は悔しいのよ。〝ずっこけ三人女〟なんて呼ばれている私たちに、からかわれて」

「ったく、どいつもこいつも一言よけいなんだよ！　よし分かった。今度何か大きな事件が起きたらだ、その時は俺たちの力だけで解決してやろうじゃねえか！　お前らの手など誰が借りるかってんだ！」

いきり立つ木暮を、桂たちもお市たちもまんじりと見やる。お紋がくすくす笑った。

「あら旦那、そんなこと言って大丈夫なのかい？　まあ、酔った勢いで言ってんだろうけどさ」

「うるせえ、それほど酔っちゃいねえよ。そりゃさ、お前らには感謝してるぜ。いつも探索に力添えしてもらってよ。だがな、俺にだって南町奉行所の同心としての矜持(きょうじ)ってもんがあるんだよ。これ以上お前らや幽霊やら幽斎やらに活躍されたらよ、俺のその矜持が傷つくじゃねえか。こう見えても、心はギヤマン（硝子(ガラス)）のように繊細な俺様だぜ？」

　木暮の吐露(とろ)に男たちはしんみりとしたが、女たちはけたたましく笑った。

「何言ってんだよ、足の裏みたいな顔して！」

「そうよ、旦那が繊細なんておかしいったら。図太くてこそ、木暮の旦那じゃないの」

「旦那は猪みたいに鼻息荒く、下手人(げしゅにん)をふん縛っちまえばいいんだよ！　探索の知恵はあたいたちが貸してやっからさ。おとなしく借りときなって。無理なことは言うもんじゃないよ！」

　ずっこけ三人女にやり込められて顔を引(ひ)き攣(つ)らせる木暮を、少し離れた席で藤江と亀次がにやけながら見ている。

　目九蔵に「大女将」と呼ばれ、お紋が「ああ、おかしい」と目を擦(こす)りながら板場へと小走りにいく。ほかの席のお客に「お勘定(かんじょう)頼む」と声を掛けられ、お花も「はいよ！」と急いで向かった。

仏頂面の木暮たちに、お市は「ここではそう肩ひじ張らないで、もっと和んでね。強がり言わずに甘えてください」と酌をした。

それを啜り、木暮は目を眇める。

「うるさいのがいなくなればよ、俺も甘えられるのになあ」

「売り言葉に買い言葉でんな」

「そういうこった」

木暮は頷きつつ、藤江たちのほうをふと見やる。するとお紋がぼたん鍋を運んでいくのが目に入った。

「人が食ってるものってのは、旨そうに見えるもんなんだなあ」

木暮は呟き、熟柿臭い息をついた。

桜もそろそろ終わりである。

〈はないちもんめ〉は寛政九年（一七九七）にお紋が亡夫と始めた店なので、文政六年（一八二三）の今では、既に創業二十六年になる。

お紋の夫だった多喜三が病で逝ったのは、二十年前だ。

腕のよい板前だった多喜三とお紋は惚れ合って夫婦となり、懸命に働いて念願の店を持った。店の名を〈はないちもんめ〉とつけたのは、多喜三の母であったお花、女房のお紋、娘のお市の名を繋げ、語呂のよいものをと考えたからだ。そのお花と多喜三は病で相次いで亡くなり、お紋は三十五歳で寡婦となった。

その後、店を手伝っていたお市は十七歳で夫を持った。〈はないちもんめ〉で板前をしていた順也という男だった。そしてお市の娘は、「花」と名づけられた。先代のお花は明るく穏やかで、とてもよい気性だったので、お紋は義母に敬意を籠めて、孫に同じ名をつけたのだ。

こうして〝はな〟〝いち〟〝もん〟が再び揃った。順也が労咳で亡くなった八年前には目九蔵が板前として店に入ったので、図らずもまさに〈はないちもんめ〉と相成り、今に至っている。

創業者である多喜三が店の名に籠めた、「一匁の花のように素朴で飾り気なく、でも、皆を和ますことが出来る、そんな店にしたい」という信条を守りながら。

店を閉め、目九蔵が帰ると、はないちもんめたちは遅い夕餉を持って二階に上がった。

三人ともそれぞれ部屋を持っているが、集まって夕餉を食べたりするのは、大抵(たいてい)はお市のところだ。仕事を終えた後、のんびりしつつ、たわいもない話に花を咲かせるのが、女三人の楽しみである。

今夜の夕餉は、目九蔵が用意してくれた〝筍の炊き込み御飯〟と〝浅蜊(あさり)の吸い物〟だ。

「炊き込み御飯、ふっくらして美味しいわあ。筍は勿論(もちろん)、油揚げがまたいいのよね。コクが出るの」

お市は相好(そうごう)を崩し、お紋も目を細める。

「木の芽も入って、見た目もいいしね。出汁もよく取れてるよ」

「この吸い物、浅蜊と昆布の旨みがしっかり出てるね！　目九蔵さんは、水から煮るのがコツって言ってたけれど」

お花は吸い物を啜って、熱心に味を確かめる。

「料理って一手間で味が変わるものね」

「筍だって米糠(こめぬか)で丁寧にあく抜きしてるから、こんなにみずみずしいんだ。贅沢な味だよ、本当に」

　お紋はゆっくりと嚙み締める。お市が不意に訊ねた。

「お母さん、この頃はどう？　お腹の調子は」

　お紋は思い出したように、目を瞬かせる。

「……ああ、すっかり忘れてたよ。そういや調子いいね。暖かくなってきたからかね」

「婆ちゃんのあれは、ただの食い過ぎだったんだよな。人騒がせなことさ！　目九蔵さんなんて婆ちゃん背負って階段上って、あの後、何日間か腰が痛そうだったよ」

「迷惑掛けて反省してるよ。目九蔵さん、重かっただろうにねえ。私より七つも上なのに、老体に鞭打たせて悪いことしたよ」

　お紋が頭を搔くと、お花は笑った。

「まあ、よかったよ、なんでもなくて。躰には気をつけてくれよな、婆ちゃん」

「ありがとよ」とお紋は笑みを返した。

　少し前、お紋が腹痛騒ぎを起こしたのだ。突然下腹に痛みが差し込み、お紋は店の中で蹲ってしまった。お市とお花は慌て、目九蔵が医者を呼びにいこうとしたところでお紋は厠に行き、そうしたら治った。笑い事で済んでしまったが、皆を心配させたことについては、お紋もさすがに恐縮しているようだ。

「お母さん、この頃は顔色もよくて元気だから、大丈夫ね。本当によかったわ、ただの食べ過ぎで」

お市は優しい目で母親を見る。お花はにやりとした。

「婆ちゃんには、あれがいいんだよ。『銀之丞〜』ってのが！」

「ああ、そうね。あれがお母さんには効いているのよね」

「一日一悶え、かい？　今年になってから、確かに飽きもせずに毎日続けてるね、私ゃあ。なるほど、やはり銀之丞のおかげだね、このところの私の元気は」

お紋は少し欠けた前歯を見せ、けらけらと笑った。

ちなみにお紋言うところの〝一日一悶え〟とは、こうだ。壁に貼った、市村座の看板役者である澤向銀之丞の錦絵を眺めながら、「銀之丞〜」と身悶えをするのだ。そうすると血行がよくなり、足腰に力が漲るという。その悶える姿が面白いと、お市とお花はお腹を抱えて笑うのだが、それでやめるお紋ではない。

《いつまでもときめきを忘れず、一日一悶え》がお紋の信条となっている、今日この頃なのだ。

お紋はお茶を啜り、孫に水を向けた。

「で、お花。お前は幽斎さんとどうなんだい？」

幽斎の名を突然出され、お花の頬に微かに血が上る。

「ど、どうって言われても、ごくたまに占ってもらうだけだよ」

お花は狼狽え、お茶を呑む。お紋は孫を横目でちらと見た。

「ふうん。じゃあ、まだ結んでないって訳だね。男と女の契りは」

お花は「ぶふっ」とお茶を噴き出しそうになり、噎せ込んだ。お市は「大丈夫？」と娘の背をさする。落ち着くとお花は声を荒らげた。

「それが孫に言うことか、婆ちゃんよお！」

お市が微笑みながら口を挟んだ。

「お蘭さんが言ってたわよね。幽斎さんは細過ぎてあっちのほうが弱いんじゃないかって」

ちなみにお蘭とは〈はないちもんめ〉の常連客の一人で、深川遊女あがりで今は妾の、なんとも悩ましい女だ。

お花は母をもじろっと睨んだ。

「おっ母さんまでなんてこと言うんだ！　どうしてこうもお下劣なんだ、うちの奴らはよお。それに……幽斎さん、案外強いかもしれねえだろ」

孫の言葉に、お紋は目を大きく見開いた。

「お前……ってことは幽霊さんと……既に？」

「だから幽霊じゃなくて幽斎だって！」

このように、女三人、互いをからかい合って喜んでいるのである。

涼しい顔で微笑んでいるお市を見て、お花は思い出したように訊ねた。

「ねえ、そういやおっ母さん、豊島屋（とよしまや）さんって知ってる？」

豊島屋と聞いて、お市は目を大きく瞬かせた。

「え……ああ、知っているわ。以前、うちによく来てくださっていたの。で、豊島屋様がどうかしたの？」

「ふうん、やっぱりそうなんだ」

「なんだいお花、お前、豊島屋さんを知ってるのかい？」とお紋が訊ねる。

「うん。こないだ、ぼたん鍋の引き札（散らし）を往来で配っていたら、豊島屋さんに声を掛けられたんだ。『お市さんは元気かい』って。それで『はい、元気です』って答えたんだけれど、おっ母さんのことを知っているってことは、もしやうちに食べにきたことがあるのかなと思ったんだ。でもあたいは覚えがないから、昔来てたのかな、って」

「それで、あの人、どんなこと話してた？」

お紋は気になるようだ。

「うん。そしたら『それはよかった。ぼたん鍋か、旨そうだな。今度食べにいくよ』って。だから『是非いらしてください、お待ちしてます』って返したんだ。そしたら、これが面白いんだけれど……『でも、お淀（よど）の奴には内緒だぞ』だってさ！　あたい『かしこまりました』って言ってやったけど、前に見掛けた時、豊島屋さんってお淀と一緒でなんだか嫌な感じだったんだ。狒々爺（ひひじじい）みたいでさ。でもその時はそうでもなかったな」

ちなみにお淀とは、お市と同じく料理屋の女将であるが、自分同様〝美人女将〟と称されるお市が気に喰（く）わないようで、色々と嫌がらせをしてくるのだ。そんなお淀を、お紋やお花は「幸町（さいわいちょう）の女狐（めぎつね）」と呼んでからかっていた。

お花の話を聞いて、お市とお紋は顔を見合わせる。「どうしたの」とお花が問うと、お紋が答えた。

「あの人がお淀の店に流れたってことは知ってたよ。豊島屋さんってのはね、その昔、お市目当てにうちの店に通い詰めてたんだ。あんたはまだ小さかったから、そんなこと知らなかったろうがね。お市を執拗（しつよう）に口説（くど）いたけれど袖（そで）にされて、うちには来なくなっちまったんだ。それでお淀に乗り換えたって訳さ」

「お母さん、そんな昔のこと、どうだっていいじゃないの」

「だって本当のことじゃないか。豊島屋さんだけじゃないんだよ、お市にあしらわれて、うちからお淀の店に乗り換えたって人は結構いるんだ」

　初めて聞く話に、お花は目を見開いた。

「へえ、そうだったんだ。そうか、お淀ってそういうこともあって、よけいにおっ母さんやうちの店を目の敵（かたき）にしてるって訳か！」

「そうだろうね。つまりはお淀は、うちのお市の身代わりみたいなものだからね、豊島屋さんのような人にとっては。お客たちから、うちからあっちへ乗り換えたって話は聞くだろうし、胸中（きょうちゅう）は複雑だろうよ」

　お紋はお茶をずずっと啜った。お花は腕を組み、大きく頷く。

「なるほど、女狐には女狐なりの複雑な思いってもんがあるのか。なんだか奥が深いなあ」

　するとお市が遮（さえぎ）った。

「さあ、そんな話はもうよしましょう。お淀さんが私をどう思っていようと、私はあの人のことなど別に気にもしていないし」

　お紋はにやりと笑う。

「そんなこと言って。本当は気になるんだろう、少しは。お前に軽くあしらわれたお客は皆、お淀の店に流れちまったんだからね。気にならないなんて、嘘さ」

「そ、そんなことないわよ」とお市は思わずムキになり、お花も薄ら笑いだ。

「おっ母さん、案外無意識のうちに、お淀に対抗してない？　今日の着物だって、おっ母さんには珍しく桜色で、なんだかお淀に張り合ってるのかなあ、なんて思ったんだけど」

　お淀はお市と同い歳なのにいつも桃色の着物を纏っており、それが媚びを売っているようで、お花やお紋はよけいに癪に障るのだ。

　娘に突かれ、お市はますますムキになる。

「そんなことないわ！　桜の時季だから、こういう着物もいいかなって思ったのよ。それだけのことなのに……意地悪言って。なによ、桜色の着物を着ちゃいけないっていうのっ？」

　不貞腐れるお市を、お紋が宥める。

「そんなことないさ。お前には似合っているよ、綺麗な色で。木暮の旦那だって、お前と桜を交互に眺めてにやけてたじゃないか」

するとお花はまたからかうように言った。

「でもさあ、木暮の旦那だって、おっ母さんがあまりにつれなかったらお淀の店に乗り換えちまうかもしれねえよ」

お市の垂れ目が険しく吊り上がる。

「あら、旦那はそんなことをするような人じゃないわ！　で、でも別にいいわよ、乗り換えたって。……その時は思い切り引っ掻いてやるから」

「猫のようにかい？」

にやにやしているお紋とお花を見やり、お市は「もう」と頬を膨らませた。

少しして、「明日も早いからもう寝よう」とお紋とお花は各々の部屋へ去り、お市は安堵の息をついた。母親と娘と一緒に過ごす時間も楽しいが、一人の時間はやはり落ち着く。

お市は畳にごろりと横になり、大きく伸びをした。

お市の部屋にも、桜が飾ってある。昼に見る桜は楚々として清らかだが、夜に見る桜というのはどうしてこうも違うのだろうと、お市は思う。

――昼と夜では別の顔なんて……女みたいね――

お市は微かに笑む。旅役者の段士郎と契りを結んだ夜の自分を、思い出したのだ。

もう三年以上も前のことで、いわば行きずりの間柄であったが、お市は未だに段士郎のことが忘れられず、密かに待ち続けているのだ。別れ際に、段士郎が「また必ず、江戸に来る。それまで元気でいてくれ」とお市に言ったことを信じて。

段士郎とのことは、母親にも娘にも決して喋りはしない、お市の甘く切ない秘密だ。

部屋で一人きりになると、お紋はそっと障子窓を開けた。心地よい夜風が吹き込んでくる。お紋は星を見上げながら、お腹をそっとさすった。

――しかし、私って、しぶとい女だね――

思わず笑みが浮かんでしまう。

お紋にも、娘や孫に話していない秘密があった。それは、余命があと一年ほどであるということだ。一年ほど前にお紋は下腹に刺すような痛みを感じて、医者に診てもらい、余命を告げられた。腹部に大きな腫物が出来ていて、手の施しようがない、と。

そのことを知った時、お紋の頭の中は真っ白になり、絶望した。いつか死を迎えることは分かっていたが、その時がこんなに早く訪れようとは思いもしなかったからだ。

どん底まで落ち込み、悩みに悩んだら、却って気持ちは落ち着き、心は定まった。お紋は思った。死がやってくるその時まで、精一杯楽しく生きてやろうと。

お紋は病のことは誰にも話すのをやめようと決めた。話したら腫物に触るような扱いをされるのは目に見えており、それがお紋には辛い。お紋は皆に「殺しても死なないような元気な婆さん」と思われていたかったからだ。

お紋は医者のところに通うこともしなかった。

――倒れたら倒れたで、その時だ――

念のために遺言もしたため、簞笥の奥深くに仕舞い込んである。お紋の覚悟は出来ていた。

先日の腹痛騒ぎの時は、激しい痛みに、――ついにきたか――と思った。しかし、お紋は信じ込んだのだ。

――私はお市やお花、板前たちと一緒に、まだまだこの店を守り立てていかなければいけないんだ。病なんかに負けてたまるか。私は大丈夫だ――と。

するとー厠へいっただけで、けろりと治ってしまった。どうも食べ過ぎによる糞詰まりが原因だったらしく、大事に至らずにお紋はほっとしたものだ。

それ以降は、どこにも悪いところはなく、元気に毎日を過ごしている。

――躰にいいものを適量食べて、楽しく生きていれば、いつかお腹の腫物ってのも消えてなくなっちまうかもしれないね。そうしたら儲けものだ――

根っから楽天的なお紋は、そんなふうに思う。星に願いを掛け、お紋は障子窓を閉めた。

二

江戸の卯月（四月）といえば、現代の五月にあたる。卯月の初めに日本橋の魚河岸に初鰹が入ると、初物好きの江戸っ子たちは大喜びするが、値段がべらぼうに高いため、誰もが口に出来るものではなかった。

だが、数日経てば格段に安くなる。刺身にして売られた一人前が五十文（約一二五〇円）から百文（約二五〇〇円）ほどであるから、無理な値段ではなかったろう。

卯月も半ばを過ぎれば、初鰹への人々の熱狂も冷めてくる。はないちもんめの面々が鰹に狙いをつけるのは、この頃だ。ぐんと安くなった鰹を仕入れてきて、刺身ではない調理法で、〝一味違った鰹料理〟を出すのである。

梅雨にはまだ早いが、卯の花腐しの雨が降る昼餉刻、木暮と桂がふらりと店を訪れた。

「あら、いらっしゃいませ」

お市は二人を座敷へ通し、お茶を運ぶ。雨の日だって、〈はないちもんめ〉には客足が途絶えることはない。今日も昼から賑わっているが、木暮と桂は浮かぬ顔だ。その訳を、お市も薄々分かっていた。

「町を歩くよりもよ、この店にくるほうがなんだか季節の移ろいを感じるよなあ」

木暮はお茶を啜りつつ、店に飾られた藤の花を眺める。桂も目を細めた。

「藤というのは、まことに風情がありますね。華やかなようでいて、とても落ち着いている。枝垂れているところがいいのかもしれません。控えめで癒やされます」

「和んでいただけますと嬉しいですわ。本日の昼餉は〝鰹の筒切、榧油雉焼〟

でございますが、それでよろしいかしら」

「鰹を雉焼にするってのか？」

「はい。雉焼きというのは元々は、雉の肉を塩と酒で味付けして焼いた高級なお料理。そこでもっと安価に食べることは出来ないかと、別の食材でその味を真似して作り上げたものも雉焼きと呼ばれます。板前は鰹を生姜醤油に漬けておいて、そのタレを絡めながら焼き上げています」

　お市の説明に、木暮と桂は喉を鳴らす。店の中に漂っている芳ばしい匂いが、またそうさせるのだ。

「うむ、それは旨そうだ。胡麻油ではなく、榧の油で焼いてるというのもいいじゃねえか」

「油にまで気を遣ってこそ、料理なのですね。さすがは目九蔵さんです」

　この時代に料理に使っていた油といえば、榧、大豆、荏胡麻である。榧の実から採れる油は胡麻油よりも高級品。徳川家康公は、榧の油で揚げた甘鯛が大好物だったという。そのような贅沢な油を敢えて使うのも、目九蔵のこだわりだ。

「板前曰く、本日お出しする〝鰹の筒切、榧油雉焼〟というお料理は、昨年刊行された『料理通』（文政五年／一八二二）に書かれてあるものらしくて、どうも榧の油で焼くのがミソのようです」

「『料理通』というのは、あの〈八百善〉の主人が著したものですよね」

〈八百善〉は創業百年を越す、浅草山谷に店を構える有名な料理屋である。

「はい、そうです。板前は何度も読んでいるようですわ。榧の油にこだわるのは、例の〈不老長寿の料理〉に加えたいからではないかしら。榧の木って、非常に硬くて強靱なのでしょう？　《檜千年、槇万年、榧限りなし》と言われるほどに。それほど強い木の実から搾られた油にはとてつもない力が秘められているはずだと、板前は言うんです。不老長寿に繋がる油だ、って」

「なるほどなあ。是非ともその榧の油で焼いた鰹を食ってみたくなったぞ！　女将、早く持ってきてくれ」

「はい、ただいま。……元気が出てきたようでよかったです、旦那」

お市は木暮の肩にそっと触れ、優しい笑みを残して、板場へと向かう。藤色の縞の着物を纏ったお市の柔らかな曲線を眺めつつ、木暮は顎をさすった。

目九蔵に「鰹の雉焼、二人前お願いします」と頼み、御飯と味噌汁を用意しようとしていると、お客の食べ終えた皿をお紋が運んできた。板場の中、母と娘は声を潜めて話す。

「八丁堀の旦那方、なんだかピリピリしてるね」

「やっぱりそうなのね。……佐渡から運ばれてきた金、小判にすれば三千両（約三億円）分が盗られてしまったんですもの。気も滅入るわよね、それは」

「よりによって江戸でね。板橋宿を出て、さあ日本橋は金座へ向かうって時、巣鴨の辺りでやられたんだろ？　荷車ごと盗られて、それを引いていた人や警護していた人たち十名ほど斬られたって」

「佐渡からついてきたお役人四名も殺められて、血の海だったたっていうわよね」

お紋とお市は顔を顰め、溜息をついた。

金強奪事件が起きたのは、五日ほど前だ。江戸の貨幣の多くは佐渡の金山に頼っており、公儀にとっても重要な財源である。中でも相川鉱山は、公儀が直轄して営んでいる。相川は管理体制が整っているので現地で小判を造ってもいるが、精錬しただけの金を江戸へ送るというのがやはり主流だ。佐渡で採れた金を元に、金座で小判を鋳造する。ちなみに金座は日本橋本町にあり、一つの敷地内で鋳造し極印を打つ工程まで整備されている。常に勘定奉行の目が行き届いており、厳格に管理されていた。

相川で採れた金は小木港に運ばれ、御用船で越後の出雲崎へと渡る。それから北国街道へと入り、上田、安中、高崎を荷車で運び、板橋宿から江戸の金座へと向かう。

荷車を押すには、宿場毎に十名ほどが駆り出される。相川番所の役人四名も佐渡から付き添っていた。

昼日中に、それだけの人数で警戒しながら運んでいたというのに、人けのない場所、僅かな隙に強奪されてしまったのだから堪らない。奉行所の者たちが地団駄踏んで悔しがるのも当然だろう。

お市が料理を運んでいくと、木暮と桂は浮かぬ顔に戻っていた。

「ごめんなさい、お待たせしちゃって」

お市は急いで膳を出す。〝鰹の筒切、椎油雉焼〟のほか、御飯、蕪の味噌汁、蕪の塩揉み。湯気の立つ料理を前に、木暮と桂は顔をほころばせ、箸を持つ。味噌汁をずずっと啜って、「ああ」と声を上げ、鰹を頬張って満面に笑みを浮かべた。

「酒を呑めねえのが残念だぜ」

「まことに。生姜醬油のタレと椎油が相俟って、嚙み締めるたびに濃厚な味が口の中に広がります」

「この時季の鰹ってのは脂がほとんど乗ってないだろ。そこにこのよい油を使うから、鰹の風味を殺さずにしっかりした煮つけが出来るんだな」

二人は味の染み込んだ鰹を御飯の上に載せ、搔っ込み始める。夢中で食べる彼らを、お市は優しい目で見ていた。

「雨の日って怠く感じるが、こういうもんを食うと、躰が目覚めてくるな」

「蕪もみずみずしいですしね。濃い味付けの料理の合間にこの塩揉みを食べると、さっぱりします」

二人は御飯をお替わりし、米粒一つ残さずぺろりと平らげた。「食った、食った」と楊枝を銜えて腹をさする二人を見て、お市は「ふふ」と笑った。

「なにがおかしいんだい、女将？」

「だって……旦那方、食べる前と後ではまったく顔つきが違うんですもの。お腹がいっぱいになると、人相もよくなるのね」

木暮と桂は苦笑いだ。

「よっぽど凶悪な顔してたんだな、俺たち」

「自覚はないのですが、一向に」

「いえ、召し上がる前の人相が悪かったとは言ってませんよ！　ただちょっと、お疲れのご様子だったので」

木暮は両手で顔を撫でた。

「まあな。確かにこの数日、疲れてるわな。……あんな事件があればよ」

桂も頷く。佐渡の金強奪事件に二人が駆り出されていることを、お市も知っていた。

「あれだけの人が殺められたのですもの。集団で襲ったのよね、やはり」

「そうとしか考えられねえが、何人で襲ったかははっきり分からない。十四名なら、強い奴なら二、三人で斬り倒すことも出来るだろう」

「浪人者かしら」

「それもまだ分からねえなあ。いずれにしろ殺しには手慣れている奴らだな。それは間違いねえ」

「日中でも人けのない場所や、金が運ばれる通路を熟知しているなど、手練れの犯行と見ております」

「うむ。それで全国の盗賊団を調べ上げているところだ」

木暮は腕を組み、眉根を寄せる。「盗賊団……」とお市は繰り返し、ごくりと喉を鳴らした。

「荷車ごと盗られて、それはまだ見つかってないんでしょう？　盗られた後、雨が降ってたせいか、荷車の轍がなかなか見つからないと聞いたけれど」

「いえ、荷車は見つかりました。昨日、飛鳥山近くの音無川のほとりで。見つけたのは忠吾と亀次です」

「まあ、そうなのですか。亀次さんって……確か、与力の藤江様の配下でいらっしゃる？」

「そう、いつぞやここで白魚をむしゃむしゃ食ってた岡っ引きだ。ことがことだけに、この事件には藤江様も出張っていらして、亀次も探っている。藤江様のご意向で、忠吾と一緒にあちこち回らせているんだ」

「まあ、そうなの……。盗まれた金、早く見つかるといいですね」

「うむ。もっともだが……でもなあ。川のほとりで荷車が見つかったってことは、舟でどこかに運んでしまったんだろうなあ。まだ江戸にあるならどうにか見つけ出すことが出来るかもしれんが、遠いところへ持っていっちまってたら、探し出すとしても時間が掛かるだろうよ。一応、長崎や大坂など密貿易の盛んなところにはお触れを出して、見張りを厳重にするように申し渡したがな。異国へ売り飛ばすことを防ぐために」

二人は大きな溜息をつく。つられてお市も気弱な声を出した。

「三千両分の金の紛失は、痛いわよね。そうか、小判で三千両ではないのだから、金塊だったら売るしかないのかしら」

「いや、自分たちで小判を鋳造するってことも考えられるぜ。贋金造りだ」

お市は「まあ」と目を見開いた。

「で、でも、贋金って、そんなに簡単には造れないんじゃないの？　小判を造るにも、極印を何度も押したり、色々ややこしくしてあるんでしょう。真似出来ないように」

木暮はお茶を啜り、苦み走った顔つきになった。

「うむ、確かに小判一枚造るにしても、ややこしくて、そう簡単には出来ないようにはなっている。……しかし、強奪した奴らの仲間に、小判師（小判職人）がいたらどうだ？　小判師なら、小判の造り方などすっかり把握している。贋のものでも極印を使ってそれを押してしまえば、小判として通用しちまうよ。贋金だがな」

「え……そ、それもそうね。でも……そんなことあり得るかしら」

「小判の職人ってのはよ、金座の吹所だけで四百名以上いるんだ。皆、通いで、住んでるところもバラバラだ。四百名以上いれば、悪いことを企む奴だって潜んでいるかもしれねえ。あり得ない訳ではないだろ」

「そうね……言われてみれば。確かにあり得るわ」

「そうだろ？　疑いが僅かでもあれば、探る必要があるんだ。それで盗賊団とともに小判師たちにも一人一人当たっているんだが、まあ、これがたいへんでな。岡っ引きや下っ引きを総動員しても人手が足りねえのよ」

木暮は薄くなってきた額をぴしゃりと叩き、ぼやく。お市も同情してしまった。

「なんだか聞いているだけで、気が遠くなりそうだわ。でも……確かにそうよね。小判造りを熟知した人が、色々手引きしたのかもしれないわ」

「強奪した後、明るい中、荷車を引っ張っていけたのも、怪しまれなかったということでしょう。恐らく、暴れた後にどこかで着替え、身なりを佐渡の役人風にしていたからだと思われます。周到な用意をしているのも、やはり、日頃から小判造りに携わっているからではないかと」

「そこまで見当がついているなら、すぐにでも犯人を挙げられそうね」

お市の顔が少し明るくなる。

「うむ。女将の笑顔と、ここの料理を励みに頑張るぜ！　鰹の料理でまた力がついたからよ」

「まことに。絶品でした」

笑顔が戻った二人につられ、お市も顔をほころばせた。

木暮と桂が帰り、昼餉の刻も終わる頃、ふらりと入ってきた者がいた。日焼けした顔にくしゃっとした笑みを浮かべた、小柄な老爺。お紋が声を上げた。

「あら、茂平さんじゃないの！　お久しぶり！」

「よう、お紋さん、相変わらず元気そうじゃねえか。……店、そろそろ休憩かい？　出直してくるか」

「いいよ、そんな気を遣わなくたって！　中、入ってよ。出来あいのものぐらい出せるからさ」

「でも仕込みなんかがあるんじゃねえの？　店、夜もやってんだろ」

「いいのいいの、仕込みなんてのは板前がやるんだからさ。私なんざ、休憩の刻には、壁に貼った役者の錦絵見ながら悶えるぐらいしか、することないんだから。暇なんだよ」

「おいおい、まだ悶えたりしてんのかい、その歳で。元気だねえ」

「ほら、そんなことはどうでもいいから、上がった上がった」

お紋は茂平の背を押し、座敷へ上げてしまった。空はどんよりしているが、雨はあがったようだ。

お紋は目九蔵に頼んで、あまった鰹で衣かけ（竜田揚げ）を作ってもらった。それを御飯の上に載せれば、〝鰹の衣かけ丼〟である。

「はい。こんなもんしか出せないけど、食べてみて」

「ご馳走じゃねえか！　喜んでいただくよ」

茂平は目尻を垂らしてかぶりつく。笑うといっそう皺が深く刻まれるが、そこがまた味があってよい。麻布狸穴で百姓をしている茂平は、お紋より五つ年上の還暦であっても、足腰など頑丈で、いたって健やかだ。

「いい食べっぷりだねえ。惚れ惚れするよお」

茂平にお茶を注ぎ足しながら、お紋は微笑んだ。

「いや、この店の料理は本当に絶品だねえ。この鰹の衣かけ、堪んねえよ。生姜が利いてやがって、芳ばしくて、さくさくしてよ。鰹のたたきが聞いて呆れる旨さだぜ！」

口元についた米粒を腕で拭い、茂平はからから笑う。

「生姜醤油に漬けた鰹を揚げてるのさ。褒めてもらって嬉しいよ、板前に伝えとくね」

「おう、目九蔵さん、またまた腕上げたな」

茂平はあっという間に平らげ、お茶を飲んで息をつき、お紋に向かって頭を下げた。

「それで……今年もお願いがあって来た」

「いいよいいよ、頭上げてよ。どうせあのことと分かってたさ。麻布からここまで来るってのはね。茂平さん、あんたの顔を見ると、ああもうすぐ夏がくるなあって思うんだよ、毎年ね」

お紋に返され、茂平は頭を掻いた。

茂平は毎年この時季に〈はないちもんめ〉を訪れ、弁当を作ってもらうよう頼むのである。その弁当とは、茂平が夏の間、舟で売るものだ。

皐月（五月）の末、両国では花火が打ち上げられ、川開きとなる。それは江戸の夏の始まりでもあるのだ。三月の間、連日花火が打ち上げられ、それを見物しながら納涼する舟で、大川は賑わう。

舟も様々で、屋形舟など遊山舟の間を漕ぎ回って飲食物を売る〝うろうろ舟〟というものもあった。

茂平は普段は百姓をしているが、夏の間は畑の仕事は息子夫婦らに任せ、うろうろ舟で稼ぐ。その船上で売る弁当や菓子を毎年〈はないちもんめ〉に頼むのは、お紋の夫だった多喜三が生きていた頃からである。茂平と多喜三は古い付き合いだったので、それをお紋が引き継いでいるという訳だ。

「すまねえなあ。忙しいって分かってるけどさ、やっぱりこの店の弁当がいいんだよ。毎年、よく売れるからね。ほかとは一味違う、〈はないちもんめ〉らしい弁当、今年もよろしく頼むよ」

お紋はどんと胸を叩いた。

「任せといて！　今年も力添えさせてもらいますよ。なに、あんたが一生懸命売ってくれればさ、うちだって儲かるんだから。持ちつ持たれつだよ、恐縮することないって。夏はいいよねえ。陸の上でも川の上でも、この店の料理を楽しんでもらえて！」

お紋は声を上げて笑う。そこへ目九蔵がやってきて、二人に徳利を差し出した。

「如何(いかが)ですか、お二人とも一杯ぐらい。この夏もよろしゅうおたのみ申します、ちゅうことで」

目九蔵は二人の前に盃(さかずき)を置き、酒を注ぐ。

「これはこれは、すみませんなあ」

「あら、いやだよ、昼間っから」

などと言いながらも、茂平もお紋も嬉しそうだ。きゅっと呑み干し、お紋は

「あんたもやりなさいよ」と目九蔵に盃を持たせる。

「いや、わては」と遠慮する目九蔵を、茂平が睨(ね)める。

「これはだな、三月(みつき)の間よろしく頼むという固めの盃だから、板前のあんたも呑まなくちゃいかん」

「そうだよ、ほら、呑んだ呑んだ！」

お紋と茂平に煽(あお)られ、目九蔵は一息に呑み干した。

そして「昼間の酒も旨いでんなあ」と一言。

「あんたいける口じゃないか」と茂平もお紋も大喜びで、三人で酒盛りが始まる。外では雨が上がり、お天道様(てんとさま)が顔を見せ始めたというのに。

お市とお花は板場で片付けをしながら、はしゃぐ三人を眺めていた。

「お母さんったらあんなに呑んで。夕餉の刻までには醒(さ)ましてもらわないと」

「酔っ払ったまま店に出ると、騒々しくてかなわないもんね。……でもさあ、目九蔵さんも酔っ払ったりすると、結構凄(すご)いのかな。まだ見たことないけど」

「案外……酒乱だったりしてね」

お市とお花は顔を見合わせ、くっくっと笑った。


その夜、店を閉めて目九蔵が帰ると、はないちもんめたちは遅い夕餉を食べた。生姜醤油に漬けておいた鰹を御飯の上に載せて茶漬けにするのだが、これがまた堪らない。三人は夢中で掻っ込んだ。

「このお茶漬けと、蕪のお漬物があれば、ほかにはもう何もいらないわね」

お市はほぅと息をつく。

「鰹ってさあ、初物より絶対に日にちが経ったほうが美味しいよね。身がよい感じにほぐれてくるっていうか」

「人と一緒さ。若い頃の新鮮さってのはありがたいけど、月日が経って味わいが出てきたのもまたよしってことだ」

祖母の言葉にお花は「なるほどね」と素直に頷いた。そんな娘を、お市は優しく見やる。

「お花もこの頃、少しずつ丸くなってきたものね。前は些細なことでも、お母さんにも私にも突っ掛かっていたけれど」

「そうだっけ？　あたいも十八、番茶も出花だもんな。婆ちゃんは渋茶になっちまってるけどよ」

「あらお前、少しも変わってないじゃないか」

「お母さん、出がらしって言われるよりはマシよ」

そんなことを喋りつつ、三人はあっという間に鰹の茶漬けを食べ終える。

「茂平さん、お元気そうだったわね。あの人の顔を見ると、ああもうすぐ夏だって、私も思うわ」

「川開きがあって花火が上がって、やはり夏はいいよねえ、活気があって。暑いのを抜きにすれば、最高だ」

「で、今年の弁当は、どんなのにするの？　目九蔵さんとちょっと話したんだけど、〝鰯(いわし)の生姜煮〟は必ず入れない？　皐月の終わりから三月ぐらいの間って、鰯の旬だし、生姜の汁って傷(いた)みにくくなるんだろ」

「鰯もいいね！　去年は梶木鮪(かじきまぐろ)にしたけれど、鰯のほうが皆食べ慣れてるから、ウケはいいかもしれない」

「傷みにくいものを一番に考えなければいけないから、夏場のお弁当って結構難しいのよね」

などと言いながらも、三人は弁当の品書きを考えるのが楽しいのだ。

「弁当のよさってのはさ、少しずつ色んなものが入ってるっていうことだよね」

「そうそう。彩りとか見た目も大事さ」

「目九蔵さん張り切ってたわね。茂平さんに頼まれたお菓子のほうは、今年は花火を表すようなものにしたい、って」

「へえ、花火を表すようなお菓子か。目九蔵さんのことだから、見た目も味も文句なしのものを作ってくれるだろうね」

「楽しみだね、どんなのを拵(こしら)えてくれるか」

女三人和気藹々(わきあいあい)と、夜が更(ふ)けていく。「川開きが始まるまでに、金強奪事件も解決してほしい」と願いながら。

三

両国広小路には怪しげな小屋が建ち並び、連日賑わいを見せている。旅一座が出演する芝居小屋、駱駝や孔雀などで儲ける見世物小屋、ろくろ首の女や一つ目小僧に会えるお化け屋敷などというものまである。お化けにはもちろん人が化けているのだが、怪奇なものを一目見ようと、客が押し寄せるのだ。

こんな猥雑な界隈で、軽業で人気を博しているのが〝お光太夫〟である。潑剌としたお光太夫を見ようと押し掛けた人々で、〈玉ノ井座〉はひしめき合っていた。

熱気が渦巻く中、幕が上がり、口上、謡、踊り、落語、狂言もどきと続き、いよいよお光太夫の軽業芸である。

紫煙の中、迫が上がってくると、お客たちは「待ってました！」と叫び、お光太夫を見てどよめいた。

若い女であるお光太夫は、もうすぐ端午の節句ということもあってか、兜を被り鎧をつけた若武者の姿だったのだ。お光太夫は舞台にすっくと仁王立ちし、お客に向かって微笑んだ。

「かっこええ、牛若丸みてえだ！」

「お光太夫、日本一！」

喝采の中、お光太夫に、不穏な影が忍び寄る。舞台の上手と下手からそれぞれ三名ずつ、黒ずくめの男たちが現われた。若武者の命を狙う、忍びの者たちか、或いは盗賊団か？

男たちに左右からじりじりと追い詰められ、お光太夫の若武者は後ずさる。

「その命もらったぜ！」と彼らの一人が声を上げ、一斉に若武者に飛び掛かる。

ひやりとし、お客たちも思わず「うわっ」と悲鳴を上げた。

しかしお光太夫の若武者は一瞬のうちにすり抜け、男たちに不敵な笑みを送る。

「ちくしょう！」と男たちが再び飛び掛かってくると、若武者は腰に差した長刀を引き抜き、あたかも弁慶の如く振り回し始めた。

縦横無尽に、舞うように飛び跳ね、悪党たちを斬りつけ倒してゆく。

もちろん刀は偽物、すべて芝居と分かってはいても、お光太夫の勇ましい殺陣に、お客たちは大興奮だ。

正眼の構えで「えいっ！」と一太刀で斬り捨てる姿に、「痺れるねえ」と男も女も感嘆の息をつく。

お光太夫の若武者、敵を次から次に倒したものの、最後の一人に手こずってしまう。片目に眼帯をつけた悪党は、大きな刀を手に、若武者をじりじり追い詰める。若武者と独眼竜は刀を構えたまま、睨み合う。客たちも息を呑んだ。

すると舞台の上手から大きな岩が転がってきて、若武者は気を取られたのか、そちらに目を動かした。

その隙を見て、「これまでよ！」と独眼竜が刀を振り上げる。お光太夫の若武者は、身を翻した。

次の瞬間には、若武者は、大きな岩の上に乗っていた。否、岩のように見えるが、直径三尺（約九〇センチ）ほどの巨大な玉である。一瞬のうちに玉に乗った若武者は、薄い笑みを浮かべて独眼竜を見下ろした。

「あ、あの姿で玉乗りしてやがる」

「あんな大きな玉に乗っかって、ぐらりともしねえ。どうなってんだ」

お客たちはどよめき、呆気に取られながらもお光太夫の若武者に釘付けだ。

「こしゃくな！」

独眼竜が斬り掛かろうとするも、若武者は玉の上で飛び跳ね、するりするりと身を躱(かわ)す。その様はどこか滑稽(こっけい)で、観客たちから笑い声が漏(も)れた。

「頑張れ、若武者!」

「逃げちまえ」

歓声を浴び、若武者は玉に乗って転がりながら、独眼竜から逃げ惑(まど)う。時折立ち止まり、「待て!」と追ってくる独眼竜の額を、爪先(つまさき)で小突く。するといっそう、お客たちは沸いた。

小屋に笑い声が響く中、若武者は大きな玉に乗ったまま、再び長刀を振り回し始めた。その迫力に、お客たちは今度は手に汗を握る。

「うわあっ、やめろ!」

今度は独眼竜が逃げようとする。

お光太夫の若武者は長刀を手にしたまま、大きな玉から跳ね上がり、くるりと一回転して着地すると、とんぼ返りをしながら独眼竜を追いかけていく。追い詰められ、どうやら独眼竜は腰を抜かしてしまったようだ。

そこへ鞦韆(しゅうせん)(ぶらんこ)が下りてきて、若武者はそれをぐっと手で摑んで、宙に上がっていく。舞台から七尺(約二一〇センチ)ぐらい爪先が離れたところで止まると、躰を揺さぶって弾みをつけ、お光太夫の十八番(おはこ)の大回転だ。若武者の姿で宙を回転する様はそれは壮観で、観客たちは沸きに沸いた。

「何度見ても凄(すげ)えよ！」

「戦国の武将でもあんなこと出来る人、いなかったわよね」

「世が世なら、女でも天下取ってただろうな、ありゃ」

観客たちが瞬(まばた)きもせずに見惚(みと)れる中、お光太夫の若武者は摑んでいた鞦韆からぱっと手を放し、くるくると宙を二回転して着地する。そして呆然(ぼうぜん)としている独眼竜に回し蹴りをかまし、討ち取った。

「お見事！」

観客たちの昂(たかぶ)りは最高潮になる。

六人の悪党どもがのびている中、お光太夫の若武者は堂々と仁王立ちで、観客たちに向かって笑みを浮かべる。歓声が鳴りやまぬ中、そこで幕と相成った。

このお光太夫の正体は、なんとお花である。店が休みの時は、こうしてお光太夫として、両国の小屋で軽業芸を披露(ひろう)しているのだ。副業に励むようになったのは、小遣い稼ぎのため。店の給金だけでは、十八歳のお花にはやはり足りないからだ。

憧れの幽斎は人気占い師ゆえ、視てもらうにも金子がかかる。そのほかにも、たまには芝居や寄席だって観たいし、後学のために美味しいと評判の料理屋にも行ってみたい。そこでお花は、数少ない取り柄の一つである身軽さを生かすべく、この副業を思いついたという訳だ。

時には大胆な姿で人前に立たなければならないので、初めは気恥ずかしかったが、慣れてしまった今では軽業芸をやって本当によかったと思っている。

子供の頃から色黒で痩せっぽちだったお花は、よく「牛蒡のようだ」とか「山猿みたい」とからかわれ、色白でふくよかな色気に溢れる母のお市に、ずっとどこか引け目を感じていたのだ。しかし、自分の取り柄を生かし、女軽業師・お光太夫として人気が出ると、そのような思いも徐々に消えてしまった。

「おっ母さんはおっ母さん。あたいはあたい。それぞれいいところもあれば、悪いところもあるんだ」と思えるようになったのだ。それは、お花が大人になったということなのだろうか、小さな小屋でも人気を博すことが出来て白信がついたということなのだろうか。

いずれにせよ、金子目的で始めた軽業の仕事だが、お花を成長させてくれたようだ。しかしお花はこの仕事のことは、母にも祖母にも決して話すことはない。お光太夫に化けることは、自分だけの楽しみ、甘やかな秘密なのだ。

今日もこの後、近くの薬研堀のほうにある幽斎の占い処へ行くため、お花は舞台用の濃い化粧を落とさずに小屋を出ようとした。人気が出るにつれて給金も上向きなので、にんまりしながら。すると、座長の息子である長作が声を掛けてきた。

「お疲れさん！　お花ちゃん、若武者の恰好、似合うなあ。俺が身に着けるより恰好よかったぜ」

長作はお花より二つ上の、気は優しくて力持ち。お花の若武者に最後に討たれた独眼竜は、この長作が演じていたのだ。

「ありがとう！　独眼竜もよかったよ。眼帯姿の男って、どうしてあれほど魅力があるんだろうね。でも……ごめんね、蹴り入れる時、巧く加減出来なかった。痛かったんじゃない？」

「あれぐらい大丈夫だよ！　それに不思議とさ、舞台の上では本気で殴られたり蹴られたりしても、痛みってほとんど感じないんだよな。後になって腫れてきたりして、驚くけどね」

「ああ、そうかもしれない。あたいも舞台の上で――あれ、脚、どこかにぶつけたかな――って思ったことがあって、でも痛みなんて少しも感じなくて、家に帰って見たら大痣が出来ていて吃驚したなんてことあったよ。舞台の上では、緊張が痛みに勝っちまうんだろうね」

「はは、そんなもんだよな。だから舞台の上では、もっと思い切りやってくれて構わねえぜ！　俺、お花ちゃんなら、どんな立ち回りでも受けて立つからよ」

「長作の兄い、頼もしいよ！　これからいっそう派手な大立ち回りをしようぜ！」

　お花は長作と肩を叩き合って、小屋を出た。長作はさっぱりした気性のお花にどうやら想いを寄せているようだが、お花は長作を「気のいい兄い」ぐらいにしか思っていない。口笛を吹きながら颯爽と広小路を歩いていくお花の後ろ姿を、長作は眩しそうに眺めていた。

　さて、いつもなら一目散に幽斎のところへ駆けつけるお花だが、今日はその前にちょっと立ち寄るところがあった。広小路沿いにある怪しげな小屋の一つ、〈風鈴座〉だ。

この〈風鈴座〉で猫を使った芸を披露している女が、この頃巷で話題になっており、お花も気になっているのだ。

その女はお滝といい、お花も幾度か見掛けたことがある。お滝は確かに魅力のある女だ。歳の頃は二十五、六だろうか。妖艶というか濃艶というか色気に溢れ、それでいて媚びることなく、男勝りで凛としている。整った目鼻立ちに薄化粧というところも好感が持てた。

お滝は黒猫をとても可愛がっていて、いつも抱いており、その姿がとても様になるのだ。

お花はそんなお滝を――恰好いいなあ――と思い、見惚れることもあった。心の中で勝手に――姐さん――と呼び、密かに憧れるようになっていたのだ。

舞台の上のお滝を見るのは初めてだったが、しっかりと化粧を施したお滝は、いつにも増して美しかった。

「お滝太夫！」と声が掛かる中、お滝は可愛がっている黒猫を操り、玉転がしをさせたり、宙返りをさせたり、傘の上に乗せてぐるぐると走り回らせたりした。

――あの黒猫がやってること、あたいがやってることと似てる――

そんなことを思い、お花は苦笑する。黒猫は翡翠のような目を妖しげに光らせながら舞台を飛び跳ねた。それがまたなんとも愛らしく、女の観客たちは大喜びだ。男の客たちは、お滝に見惚れている者がほとんどだったが。

黒猫はとんぼ返りしながらお滝の膝の上に戻ってきて、「にゃあ」と甘えた声で頬ずりしたところで、幕となった。

――お滝姐さんって、やっぱり素敵だな。あの黒猫だって、あんなに懐(なつ)いているもの。御主人様を好きだからこそ、芸を覚えるんだろうな――

お滝への憧れをいっそう募らせ、お花は〈風鈴座〉を出た。若いお花は、相手が男であれ女であれ、心の琴線(きんせん)に触れた人には興味を持ってしまう。自分が美しいと思う人は、男も女も関係なく、好きになってしまうのだ。幽斎しかり、お滝しかり。

――お滝姐さんには色々な噂(うわさ)があるけれど、そんなことはどうでもいいや――

お滝の舞台を観て満ち足りた思いを胸に、お花は今度は幽斎の占い処へと急いだ。

――両国に来るまでは、どうやら女博徒(ばくと)のようなことをしていたらしい。

――いや、今も夜は賭場(とば)に出入りしてるってよ。

――背中に、なんと黒猫の彫り物があるんだって……。

時折お滝の噂を耳にするが、お花は「ふうん」としか思わない。それどころか、憧れはいっそう募るのだ。

気風(きっぷ)がよく、美しく、謎めいているお滝に、お花は弟子入りしたいぐらいだった。

第二話　花火弁当、花火菓子

一

皐月はこの時代ちょうど梅雨の時季にあたるので、長雨（ながあめ）が続く。五月雨（さみだれ）とは元々、梅雨を意味するのだ。

「作物への恵みと分かってはいても、あんまり降るとうんざりしてくるわね」

格子窓（こうしまど）の外へ目をやり、お市が溜息をつく。

「まあね。でも梅雨が明ければ、輝く夏さ！　それを楽しみに乗り越えようぜ、おっ母さん」

お花は元気よく、座敷を乾拭（からぶ）きしている。

「お前は若いから、雨なんて屁（へ）でもないんだろうよ。年取ってくるとさ、雨が続くと躰が怠くなったりするもんなんだよ」

土間に箒（ほうき）をかけながら、お紋は腰をそっと押さえる。お花はすっくと立ち上がり、広い座敷で突然でんぐり返しをした。

「急にどうしたんだい」

お紋とお市は目を瞬（しばたた）かせる。お花は続けてでんぐり返しをして、少しも息を切らさず、二人ににやりと笑った。

「結局はさ、おっ母さんも婆ちゃんも躰をあまり動かさないから、雨ぐらいで怠くなるんだよ！　たまには躰を前に倒したり、後ろに反らしたりして、柔らかくしといたほうがいいぜ」

「あら、偉そうなこと言うじゃない。私たちだって毎日この店で忙しなく立ち働いているけどね」

お紋は衿を直しながら、孫に言い返す。お花は、ふんと鼻で笑った。

「この店の中をぐるぐる回っているぐらいでは、動いているとは言えないんじゃない？　婆ちゃんもおっ母さんも、あたいを真似て躰を伸ばしてみなよ！　ほら、一緒にさ」

お花に促され、お紋とお市は渋々座敷に上がる。

「背筋を伸ばして足先を揃えて立って、膝を伸ばしたまま、躰を前に倒してみてよ。これ以上は無理ってとこまで」

お花に言われたとおりにしてみると、二人とも膝までにしか手が伸びない。

「やっぱり硬くなっちまってんだよ。あたいなんか、ほら」

お花は膝を伸ばしたまま前屈して、掌をぴたりと畳につけてしまう。

「そりゃ、あんたと比べればさ」

「お花、そのまま逆立ちも出来そうね」

「出来るけど、今日はよしとくよ」

お花は笑いながら、姿勢を戻す。いつも元気な孫を、お紋は眩しそうに見て、腕を組む。

「なるほどね。こういうお天気の時にこそ、躰を動かすのがいいかもしれないね。前に倒して、後ろに反らして、と」

お花に倣って前屈や後屈をするお紋を眺めながら、お市もやらなければいけないような気になり、「よっこらせ」と躰をほぐし始める。

「あれ？　なんだか婆ちゃんよりおっ母さんのほうが、躰が硬いような気がするよ」

お花に指摘され、お市は「そんなことないわよ」と膨れるも、確かにお紋のほうが前にも後ろにも大きく伸びる。

「なんだか悔しいわ」とお市がムキになって前に大きく躰を倒すと、「痛っ……痛たたた……」とそのまま畳に手をついて倒れ込んだ。

「どうしたの？」とお紋が目を丸くする。お市はどうやら脚が攣ってしまったようで、顔を顰めてひぃひぃ言っている。

「おっ母さん、無理するからさ」と笑いを噛み殺すお花に、「誰のせいでこんなことになったのよっ」とお市は目に涙を浮かべる。

「こむら返りなら、なんてことない。放っときゃ治るよ。しかしお前、相変わらずずっこけてるねえ。そんなに痛いのかい？」

お紋がお市の脹脛に触れようと手を伸ばす。お市は慌てて身を捩った。

「やめて！　触られるとよけい痛くなるのよお」

「可哀そうにねえ。まるで海老みたいに躰を折り曲げて」とお紋は目を瞬かせる。

「大丈夫よ……このままの体勢で少しいさせて。じきに治るわ」

歯を食い縛るお市に、お花は呆れ顔だ。

「おっ母さん、やっぱり躰が固まってんだよ。脚だけじゃなくて腰まで攣っちまったんじゃないの？　普段から気をつけて、もう少し柔らかくしたほうがいいぜ」

お紋は溜息をついた。

「私のほうが柔らかいなんてね。やれやれだ。私は脚も腰も、まだまだ伸びるよ」

祖母と母を交互に眺め、お花はにやりと笑う。

「確かに婆ちゃんは海老って感じじゃないもんな。まだ蟹(かに)のほうだ」

「あら、お前、たまには気の利いたこと言うじゃないの。私ゃあまだまだ海老みたいに背中が曲がってないだろ？　蟹ってのは、あれかい？　軟らかで繊細な中身を、硬い甲羅(こうら)で守っている。強く見えても実は繊細なお紋さんを喩(たと)えるなら、海老よりは蟹ってことだね」

「蟹股(がにまた)さ」

「なにをっ」

「なんだとっ」

祖母と孫は睨み合う。

「言ってごらん、私のどこが蟹股なんだい。脚は真っすぐだよ」

「婆ちゃんは蟹股ってよりは、蟹股歩きなんだよ。だって婆ちゃんって気をつけて歩いてる時は内股になってっけど、忙しくて気が緩んだりすると外股でガニガニ歩き回るじゃねかよ！」

お花はすっくと立ち上がり、「こんなふうに」と、お紋のガニガニ歩きを真似てみせる。お紋は悔しそうに鼻の穴を膨らませて言い返した。

「なんだい、失礼な子だね！　あんただって、小さい頃から外股で飛び跳ねてたじゃないか。ままごとなんてまったく興味がなくて、いつも男の子と一緒に追い掛けっこして外股で走り回ってたわ。今だって、着物の裾捲り上げて脚を開いて、それこそ蟹股で堂々と歩いてるじゃないか！　内股も何もあったもんじゃないよっ」

お花は腕を組み、唇を尖らせた。

「ふん。じゃあ、婆ちゃんの蟹股はあたいが受け継いだってことだ」

「蟹股婆あと蟹股小僧かい」

「小僧じゃねえよ。娘だよ、一応な」

お紋は、ふんと笑った。

「これでお市もそうなら、蟹股婆あと蟹股女と蟹股娘で、三連発なんだけど、お市は見事に内股なんだよねえ」

「〝三莫迦女〟〝ずっこけ三人女〟に続いて〝蟹股三人女〟にはなり損なったぜよ、おっ母さんのおかげでな！」

お紋とお花の遣り取りを聞きながら、お市はまだ海老のように躰を折り曲げたままだ。

「もう、二人ともやめてよ。笑うとよけいに痛くなるのよお」お市は泣き笑いしていた。

お紋とお花は擦り寄っていき、お市の顔を覗き込む。

「内股のほうが脚が攣りやすいのかね」

「お酢を飲むと躰が柔らかくなるっていうから、おっ母さん、毎日ごくごく飲んでみれば？」

痛みに悶えるお市を囲み、祖母と孫であれこれ言っていると、目九蔵が料理を運んできた。

「昼餉に出そう思って作った〝梅干しと大葉の素麵〟です。こういう時季はさっぱりしたものがよろしい思いまして、タレに酢も入れてみましたさかい。味見してほしかったんですが……女将、大丈夫ですか？」

「ええ、大丈夫。痛みも引いてきたわ、少しずつ」

お市は涙目で答える。お紋は娘の背をそっとさすった。

「まあ、無理しないで。あんたはお花に倣うより、食べ物で躰を柔らかくするほうが合ってるかもしれないね」

「そうね……」

母親に励まされるお市だったが、こむら返りがぶり返し、「ひいっ」と唇を嚙み締める。

「お市、あんたは食べるどころじゃないから、そのまま休んでな」

「お大事にね」

お市を横目に、お紋とお花は素麺の味を見る。

「婆ちゃん、これさっぱりして喉越しもよくて、いくらでもいけるなあ！」

「美味しいねえ。梅干しとお酢ってのは合うんだよ。疲れも吹き飛ぶね」

「脂っこくないからこそ、こういう時季には逆に力が湧いてくるよね。大葉も利いてる」

「大葉だけで素麺食べてもいけるよ」

開店前の静かな店に、ずずっと素麺を啜る音が響く。

――なによ、私だけ蟹股じゃないからって、のけ者にして……――

お市は脹脛をそっとさすりながら、恨みがましい目で母と娘を見ていた。

蒸し暑くなってくるこの時季には、涼しげな心太の屋台などが出始める。〈はないちもんめ〉でも冷えた甘酒が好評だ。夜、一人でふらりと店を訪れた木暮に、お市は早速それを出した。

「旦那、お疲れさま。この甘酒は、酒粕から作っているの。甘さを控えめにしているから呑みやすいと思うわ」

「ありがとよ。甘酒は躰にいいっていうからな」

「酒粕から作ったものも、米糀から作ったものも、どちらも効き目があるというわよね。うちではお昼には米糀の甘酒を、夜は酒粕のそれをお出ししているの」

「なるほどな。味わってみるか」

木暮は甘酒の香りを吸い込み、ぐい呑みをゆっくり揺らしながら口元へと運び、一口含む。舌で転がして味わい、ごくりと呑み干す。木暮の顔がほころんだ。

「いいねえ。俺は甘いのは苦手だが、こういうさらっとした甘味は好ましい。生姜も少し入っているな」

「そうなの。砂糖をごく控えめにして生姜を入れると、却って甘さが引き立ってちょうどよくなるみたい。板前が、その砂糖と生姜の割合を、このところずっと考えていたのよ」

「やるなあ、目九蔵さんも」

「板場の奥に小さな土蔵みたいなところがあるから、そこで酒粕を寝かせて熟成させているのよ。半年ほど寝かせると、茶色くなってぐっと旨みが出るの。それを料理に使うとまた乙なのよね」

「へえ、半年も！　いいねえ、酒粕を使った料理、食ってみたいぜ」

「近いうちに出せると思うわ。楽しみにしてて」

お市に微笑まれ、木暮の顔はすっかり和らぐ。木暮が店を訪れた時、浮かぬ顔をしていた訳に、お市は気づいていた。いまだ金強奪事件に進展がないからだろう、と。

甘酒を一杯呑み終えると、木暮はぽつぽつと話し始めた。

「必死で探ってはいるのだが、何者がやったのか、なかなか目星がつかなくてな。せめて金だけでも見つけ出そうと、皆で知恵を出し合って、隠してありそうな場所はあらかた探してみたんだ。たとえば川の底、井戸の中、材木置き場から荒れ寺、荒屋（あばらや）、果ては神社の賽銭（さいせん）箱の中までだ。……だが、なんの収穫もなかった」

木暮は肩を落とし、溜息をつく。

「まあ、川の底まで？　それはたいへんだったわね」

「うむ。藤江様が『あれだけの量の金を隠すには、川の底というのは案外あり得るんじゃないか』と言い張ってな。手分けして大川はもちろん小さな川まで底を突いて探したが、見つからなかったわ。小判にして三千両が作れる金だから、入っていた箱の重さも含めて、おおよそ二十四貫（約九〇キロ）ぐらいだろう。ならば川底に沈めておくという手もあるだろうが、隠し場所としては不安だろうしな、やはり」

「そうよね。井戸の中、材木置き場なども、何かの拍子で見つかってしまいそう」

「だが、川底や井戸の中などに盗んだ金子や宝を隠す奴は実際いるんだ。材木置き場、荒れ寺なんかも穴場なんだよ。だから執拗にあたってみたんだけどな……今回は駄目だったわ。あ、女将、甘酒もう一杯もらえるかい？」

「あら、気づかなくてごめんなさい。少しお待ちくださいね」

お市は微笑み、空になったぐい呑みを持って、板場へと下がる。その豊かなお尻に目をやりつつ、木暮は小鬢をちょいと掻く。お市の嫋やかな色気で、仕事の鬱憤を紛らわせたのだ。

お市は二杯目の甘酒と、おつまみを持って戻ってきた。

「〝酒粕煎餅〟よ。召し上がってみて」

焼きたての煎餅の、芳ばしい匂いが漂う。

「へえ、酒粕で出来てんのか？」

「さっきお話しした、熟成させた酒粕と御飯を混ぜて、お醬油を塗しながら、胡麻油で焼いたの。適度なしょっぱさで、甘酒に合うと思うわ」

「ほう、では一つ」

木暮は唇を舐め、酒粕煎餅を齧る。ぱりっ、かりっという音が、よけいに美味しさを引き立たせる。

「これまたいいじゃねえか！　酒粕が少し混ざるってだけで、一味も二味も違っちまうわ。これは煎餅というより、立派なつまみだ。甘酒は無論、普通の酒にも合うだろうよ」

酒粕煎餅を齧り、甘酒を啜って、木暮は上機嫌だ。

——旦那は笑顔のほうがやっぱりいいわ——とお市は改めて思う。だが、木暮は、どうしても事件が気になるようだ。

「こう見つからないとよ、やはり最悪のことを考えちまうんだよなあ。とっくに異国に売り飛ばされちまったのかなあ、ってね。もしそうなら、ああ、悔しいぜ！」

煎餅を齧り、木暮は歯軋りする。お市は少し考え、告げた。

「でも、事件が起きた直後、旦那言ってたわよね？　異国へ売り飛ばすことを防ぐため、密貿易（抜け荷）が盛んな長崎や大坂にお触れを出して、見張りを厳重にするよう申し渡した、って。……それなら、少しでも不審な舟は、隈なく調べられているはずじゃないの？　ということは下手人たちは、盗んだ金を、まだ動かしてはいないのではないかしら。やはり、まだどこか近くに隠しているのよ」

木暮はお市をじっと見詰め、「そうだ……確かにそうだよな」と呟いた。

「贋金を造るとしても売り飛ばすとしても、動かすのはほとぼりが冷めてからだろうな。盗んですぐに動かすなんてのは、素人のやることだ。手練れなら、すぐに足のつくようなことはする訳ないよな」

「そうよ、焦りは禁物だもの、危険なものを扱う時には特に」

「なんだ女将、知ったような口をきくじゃねえか」

お市は木暮に微笑みかけ、酒粕煎餅を一つ摘んで、彼の目の前に差し出した。

「寝かせておく、ってことも必要なのよね。手練れの盗人たちは、金を寝かせているのよ、きっと。下手に動かすと足がつきやすいから、案外、近場に隠してあるのかも。奉行所が諦めて探索の手を緩めた頃、持ち出すつもりなのよ。酒粕と同じく、寝かす時間は、半年、一年単位で考えているのかもしれないわ。だから探索も焦らず、根気よく続けてみては如何かしら？」

お市は手にした煎餅を、木暮の口元へと持っていき、銜えさせる。それをぼりぼり食べながら、木暮の目尻は垂れ、鼻の下は伸びる。

「そ、そうだよな！　女将に言われて、なんだか大丈夫だって気がしてきたぜ。よし、焦らず粘り強く見つけ出してやらあ！　盗人たちも絶対に捕まえてみせるぜ」

「その意気よ、旦那。頑張ってね」

お市に励まされ、木暮はますます相好を崩す。単純な木暮が、お市はなんだかんだ言っても可愛いのだ。

二

梅雨が明け、いよいよ川開きの日がやってきた。皐月二十八日は、花火が上がらないうちから両国橋周辺の大川が舟で埋まり、川沿いの料理屋では宴会が開かれる。

そして日が暮れると、両国橋に浮かんだ舟から最初の花火が打ち上げられ、江戸っ子たちが待ちに待った花火大会が始まるのだ。

この両国の花火は、皐月二十八日から葉月(はづき)（八月）二十八日まで続けられる。その三月の間は、大川で泳ぐことも、納涼舟の往来も、両国での夜店の営業も許された。

まことに賑やかな江戸の夏の幕開けに、はないちもんめの面々も心を躍(おど)らせる。店があるので花火大会の初日には行けないが、観てきた人たちが帰りに寄ってくれるので、毎年話を聞くことが出来るのだ。

「今年はいっそう盛大だったよ」とか「お天気が悪くていま一つだった」などという感想を聞くことを、はないちもんめたちは楽しみにしていた。

納涼舟の間で飲食物を売って廻る〝うろうろ舟〟も二十八日に解禁となるので、その日の昼に茂平は再び〈はないちもんめ〉を訪れ、頼んでいた弁当と菓子を受け取った。

「おおっ、今年はまた見るからにそそるねえ」

彩り豊かな弁当と菓子を見て、茂平はごくりと喉を鳴らした。

「味見してってください」

目九蔵が茂平のぶんの弁当と菓子を、お茶と一緒に差し出す。茂平は「なんだか悪いねえ」と恐縮しつつ、箸を伸ばした。

弁当に詰められているのは、〝梅干しのおむすび〟〝鰯の生姜煮〟〝人参と蒟蒻のきんぴら〟〝うずらの煮卵〟〝冬瓜の揉み漬け〟。

梅干しや生姜や酢を使い、いずれも傷みにくいように工夫されている。茂平はゆっくりと噛み締め、目を細めて味わう。

「それぞれ、量がたくさん入っている訳ではないけれど、すべて丁寧に作られているっていうのが伝わってくるよ。素人の俺が言うのもなんだけどね、一品一品の完成度が高くて、贅沢な弁当だ」

目九蔵は「おおきに」と、茂平に頭を下げる。はないちもんめたちも顔を見合わせ、笑みを浮かべた。茂平はきんぴらに舌鼓（したつづみ）を打ち、相好を崩した。

「目九蔵さんは京の出だろ？　だからどうしても薄味仕立てになるんだろうけれど、俺はそこが気に入っているんだ。素材の味が生きているからね。江戸っ子が作ったきんぴらは、どうかすると濃い味付けしか舌に残らなかったりするからな。俺は元々百姓だから、素材の味を生かした料理を作ってくれると、本当に嬉しいんだ。いやあ、このきんぴら、人参と蒟蒻の旨みがしっかり出ていて絶品だわ」

「そう仰っていただけると、こちらこそ嬉しいですわ。お褒めのお言葉、ありがたく頂戴（ちょうだい）します」

再び頭を下げる目九蔵の肩を、お紋はぽんと叩いた。

「目九蔵さん、京から出てきてうちに勤め始めた頃は、味付けについてずいぶん悩んだんだよね。江戸っ子の舌に合わせて、もっと甘辛いほうがいいのか、味醂や砂糖を多く使ったほうがいいのか、ってね」

「そうよね、思い出したわ。目九蔵さんは味付けというのは、素材の味を引き立たせるためのものという考えで、それを曲げるのに抵抗があったのよ。私たちも素材を殺してしまうような濃い味付けには疑問を持っていたから、目九蔵さんの好きなように作ってくださいとお願いしたの」

「……我儘押し通させてもらいましたが、大女将、女将そしてお花さんに助けていただいて、この江戸でどうにかやってこられましたわ」

目九蔵は気恥ずかしそうに俯いている。茂平は笑った。

「江戸の味付け、上方の味付けなんていうけど、結局のところ、旨いもんはどこも共通で旨いってことだよな。本当に旨いもんは国を超えるのよ。それがまさに目九蔵さんの料理だ」

「あら、さすがは茂平さん！　いいこと言うよ！」

お紋に勢いよく背を叩かれ、茂平は「痛たた」とぼやく。〈はないちもんめ〉に笑いが起きた。

目九蔵が作った花火を表す菓子というのは、羊羹に砂糖漬けした柚子の輪切りを貼り付けるように載せたものだった。羊羹を夜空に、柚子の輪切りを花火に見立てたのだ。

「これも乙だねえ。羊羹の抑えた甘みと、柚子の甘酸っぱさが溶け合って、なんとも爽やかな味わいだ。弁当も菓子も上品で、こういうのがウケるんだよ、舟遊びなんかする輩には。目九蔵さん、分かってるね」

茂平は嬉々として羊羹を頬張り、お茶を啜る。茂平のお墨付きをもらって、目九蔵はもとより、はないちもんめたちも胸を撫で下ろした。

川開きも無事に済み、江戸の町は一気に活気づいた。眩しいほどの青空が広がっているというだけで、気分が高揚してくる。

〈はないちもんめ〉の弁当も好評で、舟で買った人たちが店にもきてくれるのがありがたい。お花は勢い余って、店の前でも呼び込みに励んだ。

「暑い時にはさっぱり素麺、冷やし饂飩に、冷やし蕎麦もあるよ！　美味しいもの食べて力をつけて、この暑さを乗り切ろう！　さあさあ、寄ってって！」

色黒で溌剌としたお花には、眩しい夏がよく似合う。お花の笑顔につられて入る客も多く、〈はないちもんめ〉は噎せ返るような熱気で賑わった。

煌めく楽しい時季が始まったが、水無月（六月）に入った頃、深川の船宿〈すみ屋〉から「船頭及び舟が戻ってこない」という届け出があり、木暮と桂が赴いた。

船頭は隼人といい、歳は三十二。気が荒いところもあるが、祖父の代から〈すみ屋〉の船頭を務めており、いたって仕事熱心で、無口な男だったという。

　隼人が客を舟に乗せて大川へ出たのは、一昨日、水無月一日の夜。いくら待てども帰ってこないと、女将は項垂れた。

「舟を出したのは、どこの誰だったんだ？」

　木暮が訊ねると、女将は憔悴した面持ちで答えた。

「はい。日本橋の米問屋の大旦那様、万屋金衛門様です」

「うむ。日本橋には確かに〈万屋〉という米問屋はあるな。だが、そこの大旦那が帰ってこないなどという話は聞かないから、客は無事に戻ってきているのだろうか」

「そうだとよろしいのですが……」

　女将は大きな溜息をつき、後れ毛をそっと整える。よく眠れないのだろう、目が微かに赤かった。

「客はほかに何人いたんだ」

「舟に乗ったお客様は万屋様を含めて全部で七名でした」

「そうか……。万屋は川遊びをして、ぐるりと回ってここへ戻ってくる予定だったのか？　それとも、どこかへ運んでもらうつもりだったんだろうか」

「はい。『三囲神社のあたりまで運んでほしい』とのことでした。『その近くの料理屋で宴会をするから』と」

「では船頭は、客を降ろした後で何かに巻き込まれたのだろうか……」

木暮は考えを巡らせながら顎をさする。桂が口を挟んだ。

「その料理屋の名は分かるか」

「いえ、そこまでは……申し訳ございません」

「三囲神社のあたりを確認してみたか？　舟がどこかに乗り捨ててあったかどうか」

「はい。番頭と一緒に参りまして、一応探してはみましたが、舟はどこにも見当たりませんでした」

木暮は苦々しい顔で、腕を組んだ。

「ってことは客を降ろした後、船頭は舟もろ共どこかに流れていっちまったたってことか……。で、ほかの六名の客ってのは、どのような者たちだった？」

「はい。男の方四名様、女の方二名様でした。夫婦が一組いらっしゃいまして、御浪人様がお一人、職人さんらしき方がお二人。女の方のお一人は、茶屋か料理屋かの女将と思われました。婀娜っぽい雰囲気で。……しかし、それぞれのお名前や住処など、詳しいことは分かりかねます。申し訳ございません」

「なるほどなあ。その者たちの家族などからはまだ届け出がないようだから、無事に帰ってきているのかもな。六名の詳細は、万屋金兵衛に当たってみれば分かるだろう。船頭は何かの事件に巻き込まれた可能性があるから、行方を追ってみよう」

「よろしくお願いいたします」

女将は手をつき、深々と頭を下げた。

木暮は女将に力添えしてもらって隼人の人相書を作り、それを忠吾と坪八に渡して三囲神社のあたりを捜させることにした。そして桂と一緒に日本橋の米問屋〈万屋〉に赴き、大旦那の金兵衛に話を聞いた。

だが金兵衛は、舟を出したなどという話は寝耳に水だったらしく、怒ってしまった。

「どこかの誰かが、わしの名を騙ったんだろうよ！　わしはそのような六人など知らんし、〈すみ屋〉という船宿にも行ったことがない。なんなら、とことん探ってくれ。第一、わしはその日、株仲間たちと一緒に深川の料理屋で宴会を開いてたんだ。そのわしが、どうやって舟を出したり出来る？　株仲間やその料理屋に当たってみてくれ、確かな証があるからな」

金兵衛は、面倒なことに巻き込まれるのは一切御免というような剣幕だった。

木暮と桂は直ちにその深川の料理屋を当たってみたが、「万屋様は確かにずっとこちらにいらっしゃいました」とのことだった。

その帰り道、木暮と桂は首を捻りつつ歩いた。

「ってことは、舟を出したのは偽の金兵衛だったたってことか」

「ならば事件の可能性が濃厚になって参りましたね」

桂は顔を強張らせる。

「まあ、仕方がねえよな。船宿だって建前として、舟を出す者の名前を一応は記してもらうものの、その真偽なんていちいち確かめてられねえもんな。忙しいこの時季は特にな」

「三囲神社のあたりで降ろしてほしいというのも嘘で、船頭を脅かしながら、もっと先まで流れていってしまったのでしょうか」

「うむ。もう少し様子を見るか。……ほかの六名の周りの者たちが騒ぎ始めたら、これは大事だぞ」

二人はいっそう顔を引き締める。

夏の日差しを浴びて煌めきながら、大川は悠々と流れていた。


船頭と舟はなかなか見つからず、そうこうしているうちに、「舟遊びに出たまま戻ってこない者がいる」という噂がついに流れ始めた。

評判の水茶屋の女将がいなくなったのが事の発端だった。客たちが心配して騒ぎ始めたところ、ほかにもいなくなった人たちの家族や隣人、仕事場の者たちが声を上げ、明るみにでた。

水茶屋の者たちは「何か事情があるのだろう」と初めは様子を見ていたが、無断で三日休んだので、四日目に番所に届けたという。

その女将はお袖といい、歳の頃は四十。大年増であるが小股の切れ上がったいい女で、上野山下の〈あづま〉という水茶屋を取り仕切っており、なかなかの遣り手とのことだった。そのお袖が舟遊びに出掛けたまま行方が分からなくなってしまったのだから、騒ぎとなって当然であろう。

そして、ほかにも意外な人物が行方知れずになっていることが判った。

それはなんと、藤江与力の配下の岡っ引きである亀次とその女房のお早だった。しかも、亀次夫婦が舟遊びに出掛けた日と、お袖が出掛けた日が同日のようであるということも分かった。

亀次夫婦が舟に乗った日はちょうど水無月一日だった。

「懸念していたことが、どうやら中っちまったようだな」と木暮と桂は顔を顰める。

〈すみ屋〉の女将は、舟に乗った六名のうち、水茶屋か料理屋の女将らしき女が一人、夫婦が一組いたと語った。お袖と亀次夫婦は、それに見事に当て嵌まる。

亀次が消えてしまって、忠吾も心配しているようだ。

「こんな時期にあいつが舟遊びにいったなんて、何か訳があったに違いありやせん。金強奪事件の探索を、それは熱心にしてやしたから」

「いなくなってもう五日だよな」

「はい……。も、もしや亀次、金盗難事件の探索に関わったせいで、何か危険な目に遭ったとか……。そしたら今頃……」

忠吾は巨体を震わせる。その大きな背を、木暮はそっと叩いた。

「大丈夫だ。亀次だって今まで多くの修羅場を潜り抜けてるだろうから、そう簡単にくたばりやしねえよ。少し待ってみよう。そのうち何かを摑んで帰ってくる

「かもしれねえぜ」
「はい……旦那」
忠吾は目を潤ませ、木暮に頷いた。
お袖、亀次、お早のほかにも、行方が分からなくなっているという者が三名聞こえてきた。やはり偽の金兵衛は、その六名をどこかへ連れていってしまったよ
うだった。
　木暮は桂とともに、再び船宿〈すみ屋〉を訪れ、女将に話を聞いた。
「もう少し詳しく教えてくれ。六名というのは、ここで落ち合ってから舟に乗っ
たという訳だな？　予てからの知り合いだったのだろうか」
「いえ、それがよそよそしいといいますか、どうやら皆様、初めてお会いになら
れたようでした。話が弾むという訳でもなく、挨拶を交わすぐらいで、おとなし
いんです。どこぞの女将らしき人だけは、妙にはしゃいでいらっしゃいました
が。皆様、万屋金兵衛と名乗る人に、呼び集められたようでした」
　木暮と桂は顔を見合わせる。彼らが睦まじい仲間であれば、帰るのが嫌になっ
て皆でどこかで羽根休めをしているとも考えられる。しかし女将の話から察する
に、それほど親しい間柄ではなさそうだ。ならば、やはり連れ去られたと考える

のが妥当であろう。

――消えた六名というのは、金兵衛の名を騙る謎の男に呼び寄せられて、ともに舟に乗った。そして、舟は七名を乗せて大川へ出ていった――

木暮は考えを巡らせながら、訊ねた。

「本当にその七名と船頭以外は、その舟には乗らなかったんだな？」

「はい、誓って乗っておりません。皆様が舟に乗り込み、漕ぎ出されるまで、私と番頭はしっかり見届けております」

「うむ」と木暮は腕を組む。

「船頭の隼人についてもっと聞かせてほしいが、このところおかしな様子はなかったか？　悪い者たちと付き合っているなど、気づいたことはなかったか？」

女将は目を瞬かせた。

「まっ、まさかうちの船頭が、悪事の片棒を担いだと？」

「はっきりそうとは言ってねえよ。そうも考えられる、ってことだ。だってそうだろ。舟で連れ去るなら、船頭に力添えを頼むのが一番だ」

「そ、そんな……隼人はそのようなことをする者ではありません！　愛想はありませんが、仕事熱心で真面目な男なんです。隼人に限って、絶対にございません」

女将は青褪め、声を震わせる。木暮は溜息をついた。

「まあ、船頭のことは調べさせてもらうよ。……何か思い出したことがあったら、なんでもいいから話してくれ。頼んだぞ」

そう言い残し、木暮と桂は船宿を出た。


木暮は忠吾を励ますため、桂も一緒に〈はないちもんめ〉を訪れた。

「亀次がいなくなっちまってしょげてるから、忠吾に何か旨いものを食わしてやってくれ」とお市に頼む。

「かしこまりました。忠吾さん、ちょっとお待ちくださいね」と、お市は板場へと急いだ。

するとと屛風の裏から、お花がぬっと顔を出す。ほかのお客をもてなしながら、木暮たちの様子を窺っていたのだ。

「なんだお花、いつも吃驚させやがって」

木暮はぶつぶつ言うも、お花は好奇心が勝ってしまい、お構いなしだ。

「舟遊びに出たまま行方が分からなくなったって噂にのぼっているのは、六人ほどいるんだろう？　不思議だよね。神隠しに遭ったのかな」

六人というのは、「水茶屋の女将のお袖」「普段は荒物屋も営んでいる岡っ引き夫婦の亀次とお早」のほか、「植木屋の金太」「用心棒を務める浪人者の岩谷権内」「鋳掛師の又六」だ。

木暮は酒を舐め、顔を少し顰めた。

「うむ。まあ、毎年この時季ってのは、行方知れずになる者が増えるんだけどな。事件に巻き込まれる、或いは自ら行方をくらましちまうってこともある。……だが、今年の六名は、やはりおかしい。六人とも、同じ日、花火が特別に大きく上がった水無月一日の夜に、いなくなっている」

「六人は同じ舟に乗っていたのかな？」

身を乗り出すお花に、木暮は「お前、ちゃんと客をもてなせ」と注意するも、屏風の裏から声が上がる。

「あ、旦那、俺のことはお気になさらず！　俺もその神隠しの話、聞きてえんで」

お花を目当てに通っているこの男は、日本橋の魚河岸で働く新平だ。お花にいたって甘いのだ。木暮に言わせると「お花に〝ほの字〟の奇特な客」ということになるらしい。

「ほらみろ、旦那。お客様の許しを得たんだから、もっと話を聞かせてよ」

調子に乗るお花に、木暮たちは苦笑いだ。すると料理を持って戻ってきたお市が、娘を叱った。

「お花、なんですその厚かましい態度は！　旦那方にも新平さんにも失礼でしょう。新平さんは笑って許してくださっているけれど、貴女がしているのは相当失礼なことだと、いい加減わきまえなさい！」

「はい……ごめんなさい」

ぴしゃりと言われ、お花はしゅんとするも、新平は「いいのいいの」と甘やかす。

「女将、客の俺がいいって言ってんだからさ、お花ちゃんのこと怒らないでやってよ。お花ちゃんってのはさ、滅茶苦茶なことやっても言ってもいいのよ。俺さ、お花ちゃんになら『阿呆』って言われても、ちっとも腹が立たねえんだよな、不思議なことに。許せる魅力があるんだ、この娘には。だから俺のこと放ったらかして旦那方と喋っってても、大女将と喧嘩しててても、それ聞いてるだけで愉しいんだよ。それに俺がもし怒ってたら、とっくにこの店来るのやめてるって！

こうして来てるってことが、俺が愉しんでる何よりの証拠さ」

新平に庇われ、お花は得意げに顎をちょっと突き出す。後ろを通り掛かったお紋が、口を挟んだ。

「お客様がそう仰ってるんだったら、お市、お前の負けさ。お花はとんだ胸なし牛蒡娘だけれど、お前にはない魅力が何かあるんだろうよ」

「婆ちゃん、一言よけいさ」

むくれるお花に、お紋はあかんべいをして、ほかの客に料理を運んでいった。溜息をつくお市に、木暮たちは酸っぱい笑みを浮かべる。

「口の減らない大女将とお転婆娘に挟まれて、女将は苦労が絶えねえな。まあでも、破茶滅茶ながらも店が繁盛してるってことは、それなりの魅力があるってことだな。うむ」

「確かに、賑やかで気さくな店というのは入りやすいですからね」

「はい。静かで上品な店ですと、あっしなんか緊張しちまって、味が分かんなくなっちまうこともありやすから」

「なんだか……褒めていただいているのか、そうでないのか、よく分からないような気もするけれど、取り敢えず励ましのお言葉ありがとうございます」

お市は微笑みを取り戻し、「お待たせしました」と木暮たちに料理を出した。男たちから「おおっ」と歓声が上がる。

「土用にはまだ少しありますが、一足早く、鰻は如何かと思いまして」

湯気の立つ〝鰻丼〟に、木暮たちは相好を崩す。御飯の上に、脂の乗った鰻がでんと載っかっている。芳ばしいタレと山椒の匂いが溶け合い、鼻腔をくすぐった。

ちなみに土用は小暑の後の十三日目が入りで、立秋の前日までの間をいう。

「鰻を嫌いなんて奴はいねえってさ」

男たちは唇を舐め、鰻にがぶりと食らいつく。タレの絡んだ、肉厚の鰻。ふっくらした身を嚙み締めると、旨みと脂が、口の中で蕩けて広がっていく。本当に美味しいものを口にすると、言葉も出なくなるようだ。

男たちは、ひたすら鰻丼を掻っ込む。お花も話し掛けたりせずに、おとなしい。夢中で食べている人に、何か訊ねてもちゃんとした答えなど返ってこないと、知っているからだ。美味しい料理には、人を沈黙させてしまうほどの魔力があると、お花は分かっていた。

男三人は鰻丼をあっという間に食べ終え、ようやく「ああ、旨かったあ」と口にした。

「よかったわ、喜んでもらえて」と、お市も嬉しそうだ。

楊枝を噛む木暮に、お花は再び訊ねた。

「で、その消えた六人ってのは、同じ舟に乗っていたのかな」

「うむ。……どうやら、そのようだ。その六名の中には、『舟遊びに出掛ける』と周りに告げていた者、何も言わずにいた者、様々だがな」

お市が酌をしながら、口を挟んだ。

「そういえば……。ほら、うろうろ舟でうちのお弁当を売ってくれている茂平さん。あの人が言っていたわ。水無月一日に、水茶屋の女将さんが舟に乗っていたのを、確かに見たって」

「なに、それは本当か？」

木暮が身を乗り出す。

「ええ。茂平さん、『確かにあれは、〈あづま〉の女将さんだった』って。そのお袖さんって、結構知られた女将さんだったのでしょう？　茂平さんも顔を知っていたみたいよ」

「その茂平に話を聞いてみてえな。時間を作ってもらえんだろうか」

「分かったわ。茂平さんに頼んでみます」

　お市は笑顔で了承する。

　お花が「旦那方、鰻食べて精力ついただろうから、張り切って解決してよ！」と励ますと、忠吾が「合点だ！」と返した。

　忠吾が元気になってくれて、木暮も桂もほっとしているようだった。


　翌日、木暮は〈はないちもんめ〉で茂平の話を聞いた。昼餉刻なので〝冷やしむじな蕎麦〟を奢る。揚げ玉と油揚げが半分ずつ載ったもので、たぬきでもきつねでもないことから〝むじな〟と目九蔵が名づけた。それに茗荷がたっぷり掛かっているのだから、美味しくない訳がない。

　蕎麦をずずっと手繰り、茂平は「まさに、たぬきときつねのいいとこどりですな」と舌鼓を打つ。

「こういう単純な料理ってのが堪らなく旨かったりするんだよな。油揚げもしっかり煮つけて味が染みてるしよ」と木暮は相槌を打ちつつ、「それで、舟の上で水茶屋の女将を見かけたというのは本当なのかい？」と水を向けた。

　茂平は蕎麦を呑み込み、真顔になって答えた。

「ええ、本当です。特別大きな花火が上がった日でしたから、よく覚えてますわ。今月の初めの日です。弁当を売ろうとして、或る屋根舟に近づいていったんです。すると、船頭から『いらん』と怒鳴られましてね。なんだか、近寄ってくるな、というような雰囲気で。正直むっとしましたが、揉め事を起こすのは嫌ですから、『へえ、すんません』と退散しようとしたんです。……その時、中から色っぽい年増が顔を出して、こんなことを言ってくれまして。『いいじゃない、そんなに怒らなくても。ねえお菓子か何かあったら頂戴』と。それで、こちらで作ってもらった羊羹を売りました。その大年増が、確かに件の水茶屋〈あづま〉の女将だったんですわ」

「間違いねえな？」

「へえ、間違いないと思います。あちらは私の顔など覚えてなかったでしょうが、〈あづま〉には一度ほど行ったことがあるんですわ。確か、初めは一介の茶汲女だったのに、美貌で人気が出て、御主人にも気に入られて、あれよあれよという間に女将になってしまったと聞きました。今から七、八年ぐらい前でしょうか」

「〈あづま〉の手代たちに聞いたが、あそこの主人ってのは躰の具合が悪くてほとんど隠居状態ゆえ、実権はあの女将が握っているというが」

「そうでしょうねえ。恐らく御主人のお手付きで女将になれたんでしょうが、後妻に収まることもなく、表向きは〝主人と使用人〟で通し続けているようですけどね。御主人には、亡くなったお内儀さんとの間に息子さんがいたようですが、酷い放蕩者で店の金にまで手をつけたことが何度かあったようで、勘当してしまったんです」

「奉行所に届けたのか」

「はい、そのようです。だから、店はあの女将に託すつもりだったんでしょう。まあ、御主人との関係は置いておいても、あの女将は水茶屋を切り盛りするだけの才覚はある人だとは思います。切れ者、という雰囲気でしたから。妙に度胸もよくてね」

「なるほどな……。その主人の息子ってのは、今はどこで何をしてるか知ってるか？」

「さあ、何をしてるんでしょう。破落戸にでもなっちまってるのかもしれませんね」

「そうか……。ところで、女将が乗っていたのは屋根舟と言ったな。ほかにも何人か乗っていたか」

「へえ、男も女も数名乗っていたようです。女将が顔を出した時に、簾が捲れて中が少し見えましたが、皆、静かに腰を下ろしていました。女将は酔って御機嫌でしたが、三味線が聞こえてくる訳でもなし、中はおとなしかったと思います」

「ふむ。ってことは、お袖はその時は身の危険などは感じていなかったんだろうな。……いや、待てよ」

木暮は考えを巡らせる。——お袖が悪党側だったらどうだろう？　お袖が勾引かすのを手引きしたとしたら——と。それならば、その時お袖が一人陽気だったとしても、おかしくはない。だが、こうも考えられた。——悪党側ならば、のこのこ出てきて菓子を買うなど、そんな証拠に残るようなことを果たしてするのだろうか——と。

木暮は、また別のことを訊ねた。

「お袖に菓子を売ったのは、何刻頃だった？」

「へえ、ひときわ大きな花火が上がって盛り上がった後だったので、六つ半（午後七時）を過ぎた頃だったんではないかと」

「六つ半か……。それでその舟は、どちらのほうへ流れていった？」

茂平は腕を組んだ。

「両国橋の辺りを暫くうろうろしてましたが、向嶋のほうへ向かったと思います。私は深川のほうへ漕いでいきましたので、暫くしたら見えなくなってしまいました」

「ふむ。舟ごと神隠しにあっちまったのか？　それとも悪党の手引きで、どこかへ連れ去られたか？　でもなあ。いい大人が纏めて攫われるなんてことは……ねえだろうなあ、やはり。一人か二人ならまだしも、男女数名を纏めて勾引かすというのは、いくらなんでも無理だろう。それも賑わっている大川の上でだ」

「そうですな。……ってことは、神隠しですかな？　妖に連れ去られたとか」

茂平はぶるっと身を震わせる。

「舟で乱闘沙汰が起きたら、橋番所の役人が飛び出してくるだろうが、そんなことはなかったようだ。役人たちに訊いてはみたが、特別怪しい舟など見当たらなかったと言う。では、その舟、沈んじまったのか？　でも、そんな話も聞かねえしなあ」

木暮は首を傾げる。二人とも冷やしむじな蕎麦はとっくに食べ終え、お茶を啜っていた。

「その生意気な船頭ってのには、見覚えはなかったのかい？」

「ああ、あいつは恐らく〈すみ屋〉という、深川の船宿の船頭ですぜ。戻ってきているかどうかは知りませんが」

「やはりそうか。話を聞かせてくれて、ありがとよ。どうだ、蕎麦もう一杯？」

「いえ、腹いっぱいですわ。……その代わりっていったらアレですが、辛口の冷酒をお猪口一杯お願い出来たらと」

茂平はくしゃっとした笑みを浮かべ、ぺこぺこ頭を下げる。木暮は「昼間からしょうがねえなあ」と舌打ちしつつも、「冷やで一杯頼む」とお市に告げる。

「さすがは木暮の旦那。ありがとうございます」と手を合わせる茂平に、木暮は苦笑いだった。


木暮と桂は、忠吾、坪八とともに、八人及び彼らを乗せた〈すみ屋〉の舟を探すもなかなか見つからなかった。

「舟はどこかに乗り捨ててあるはずなんだがな。そこから金兵衛を騙る者は仲間とともに、どこかに、六人、或いは船頭を含めて七人を移動させ、どこかに監禁したか。……船頭は、斬り捨てられちまったかもしれねえがな」

忠吾と坪八は息を吞み、顔を強張(こわば)らせる。

「八人を乗せた舟が、数日間も川の上をうろうろしてるなんてことは、ありえやせん。必ず見つけてみせやす。こちらの探索はあっしらに任せて、旦那方は消えた六人の身辺を探ってください」

「わても張り切って探しますぅ」

意気込みを見せる二人に、木暮は「頼んだぞ」と頷く。

「消えた中に亀次も入っているから、藤江様が心配なさってな。金強奪事件のほうはひとまず休んで、こちらの舟神隠し事件のほうを先に解決しろと仰るんだよ。まあ、金強奪のほうは、探索している者が多いからな」

「亀次、心配ですね……いったい誰が、なんの目的でこんなことを……」

忠吾は唇を嚙み締めた。

夜、木暮は桂と一緒に〈はないちもんめ〉に立ち寄った。

「あら、いらっしゃいませ」

お市の温かな笑顔につられ、木暮と桂の顔も和らぐ。薄物の絽(ろ)の着物を纏ったお市は、真綿のような優しい色香に満ちていた。

お市は二人にお通しと酒を出した。

「〝鯵（あじ）のなめろう〟です。そのままでも美味しいですが、お好みで生姜醬油でどうぞ」

二人の目尻はいっそう垂れる。ちなみになめろうとは、おろした魚に味噌や茗荷、大葉、生姜などを載せて、包丁で粘りけが出るまで細かく叩き合わせた料理のことだ。

「夏にはこういうあっさりしたもんが、いいんだよなあ」

「鯵というのがまた」

なめろうを箸で少し摘んで、それをゆっくりと味わいながら、酒をきゅっと呑む。仕事の苦労も疲れも、引いていく。

「いいねえ、最高だ」

「日々なんだかんだとありますが、幸せなんだと思える一瞬です」

しみじみと呟く男たちを、お市は優しく見詰める。

「うちのお料理で元気になってくださるなんて、こちらこそ幸せですわ」

「うむ。本当に元気をもらってるぜ。……このところ不可解な事件が多くてな、なんだか疲れちまうんだ」

「まったくです」

木暮と桂が溜息をつくと、お市も顔を曇らせた。

「例の六名、船頭さんも入れて七名、まだ行方知れずのままなんですものね。もう六日よね」

「うむ。舟もまだ見つからないしな。……解せねえのは、六名にはまるで接点がないってことなんだ。住んでる処もバラバラだし、仕事も年齢もバラバラだ」

「知人でも仕事仲間といった訳でもないようなのです」

荒物屋兼岡っ引きである亀次は三十二歳、女房のお早は三十一歳で、住処は濱町。

水茶屋〈あづま〉の女将、お袖は四十歳で、住処は上野山下。

植木屋の金太は二十八歳で、住処は浅草花川戸町。

浪人者であり、酒問屋の用心棒をしている岩谷権内は四十七歳で、住処は神田平永町。

鋳掛屋の又六は二十九歳で、住処は深川島田町。

船頭の隼人は三十三歳で、住処は深川亀久町。

ちなみに隼人については、探ってはみたが今のところ悪い噂は聞こえてこない。女将が話していたように、気の荒いところはあるが、いたって真面目に働いていたようだ。

「米問屋の大旦那の名を騙った、謎の男。そいつはいったいなにゆえに、見知らぬ者同士を集めて舟に乗せたってんだろうな」

酒を啜り、木暮は顔を顰める。お市はおずおずと言った。

「その浪人者っていうの、なんだか怪しい感じがしない？　どういう身の上か、気になるのだけれど……」

「うむ。岩谷権内については、深く調べてみようと思っている。独り身の寡黙な男で、長屋のほかの誰とも付き合いがないらしい。故郷で何か問題を起こして、江戸へ逃げてきたのかもしれねえな」

「岩谷を用心棒として雇っている酒問屋の主人が『いなくなった』と騒ぎ始めたので、明るみになったのです。長屋の者たちは、岩谷が帰ってこなくても気づかなかったようです。それほど付き合いが希薄だったと」

「岩谷は周りの誰にも『舟に乗る』というようなことは言っていなかったようだ。しかし、船宿〈すみ屋〉の女将が見たという浪人者は、岩谷で間違いないだろう。一応、絵師に岩谷の人相書を描いてもらい、それを見せて確認を取ったか仕事を斡旋してもらえますからね。岩谷は仕事ぶりは真面目だったようで、酒問屋の用心棒を務めて八年目とのことです。腕っぷしも強かったと」

「そう……。やはり怪しいわ。その岩谷って人だけ、浮いている感じがするの」

お市は顎にそっと指をあて、考えを巡らせる。

「岩谷も悪党の手先ってことか。まあ、考えられなくもねえよな。問題なのは、何のためにしたかってことだ」

「木暮さんと私とでその六名を探っているのですが、植木屋の金太の女房が、こんなことを話してくれました。金太は一月ほど前に怪しげな文を受け取っており、それが舟遊びの招待状だったのではないかと。『今にして思えば、あの人、その時から少し様子がおかしかったような気がします』と金太の女房は言ってました」

「その文ってのを見たかったが、舟に乗る許可証みたいなもんだったようで、金太はそれを持っていっちまってて、読むことが出来なかったんだ」

「じゃあ、ほかの人たちも、同じような文を受け取っていたのね」

「恐らく、そうだろう。水茶屋〈あづま〉の番頭に訊ねてみたら、お袖も確かに文を受け取ったようで、『舟遊びに出掛けるの』などと嬉しそうに言っていたという。だから脅迫（きょうはく）めいたことが書いてあったというよりは、純粋な招待状だったのではないかな」

そんなことを話していると、忠吾と坪八が遅れてやってきた。「おう、こっちだ」と木暮が手招きし、合流する。

「お疲れさまでです。すぐにお出ししますので、少々お待ちくださいね」

お市は急いで板場へといき、料理を持って戻ってきた。

「お腹空きましたでしょ。〝鯵御飯〟です、召し上がってください」

丼に盛られた、ほぐした鯵の身がたっぷりの〝鯵御飯〟に、忠吾と坪八は勿論、木暮と桂も「おおっ」と目を見開く。

焼いた鯵をほぐして御飯に混ぜ合わせ、醤油を少しかけただけの料理に、皆の目は爛々（らんらん）とする。端っこに載せられた冬瓜の漬物が、またみずみずしい魅力を放っているのだ。

「では早速」と忠吾が丼を摑んで頰張ると、木暮たちも続いて搔っ込み始める。

「うむ、旨いっ！」「鯵って偉大ですぜ」「漬物がまたコリコリしてますう」「鯵と御飯というのはどうしてこれほど合うのでしょう」

鯵御飯には、食べる者を感動させるほどの魅力があるようだ。

皆を眺めながら、お市は微笑む。

――お食事に夢中になると、事件のことは頭から吹き飛んでしまうみたいね。でも忘れてしまってもいいわよね、食べている時ぐらいは――

男たちは米粒一つ残さず平らげ、笑みを浮かべてお腹をさすった。するとお紋が酒を運んできて、酌をしてくれた。お紋がきっかけを作って、また事件の話へと戻る。

「でもさあ、身代金なんかを一切要求してこないってのも変だよね。本当に、何が目的で攫ったんだろうね」

「うむ。そこなんだ。何も要求しないというのが、却って不気味でもある。その目的というのが、皆目（かいもく）見当がつかんのだ」

「気味が悪いですよね」

桂が眉根を寄せ、忠吾も顔を曇らせた。

「亀次がついていれば無事だとは思いやすが、裏に凶悪な奴らがいた場合、どんなことをするか分かりやせんし……」

「皆、無事でいてはるとよろしいでんな」

坪八がぽつりと言うと、皆、黙ってしまった。希望を託した言葉に、却って、最悪な事態を予感したからだ。

三

消えてしまった、バラバラの間柄に見える六名を木暮たちは根気よく探っていくが、共通点がなかなか見えてこなかった。

ただ、どうやら六名とも、江戸で生まれ育った生粋の江戸っ子という訳ではなく、江戸を離れていた時期があるようだ。

岡っ引きの亀次は〈はないちもんめ〉で見掛けた時、筑前の生まれというようなことを自ら話していた。忠吾によれば、亀次が江戸に来たのは十年ぐらい前のことで、当時は訛りが抜けなかったそうだが無理に直したという。忠吾が亀次と知り合った五年前には既に訛りは抜けており、女房と一緒に荒物屋を営みつつ下っ引きをしていたそうだ。親分は勝造という男だったという。

それゆえ「若い頃は荒くれだった」というのも亀次から聞いた話であり、その頃を実際に知っている訳ではないと忠吾は言った。

「亀次は元々は左官で、江戸へ来る前も後も暫くはその仕事で稼いでいたと話してやした。やがて女房と荒物屋を始め、下っ引きの仕事も受けるようになったので、左官屋のほうは辞めたと」

亀次と一緒に筑前から出てきた女房のお早のことは、忠吾もはっきりとは知らないようであった。

水茶屋〈あづま〉のお袖も、江戸へ来る前は、駿河《するが》のほうにいたという。それゆえお茶にうるさく、江戸で売られる煎茶《せんちゃ》は主に駿州《すんしゅう》（静岡）、信州《しんしゅう》（長野）、野州《やしゅう》（埼玉）、奥州《おうしゅう》（東北）の産なのだが、駿州のものしか認めなかったという。

浪人者の岩谷権内は寡黙であったが、喋るとどこか上方のほうの訛りがあったという。

植木屋の金太もどこからか八年ほど前に江戸へ流れてきたそうだが、植木職人としての腕は身についていたらしい。だが金太は訛りがほとんどなかったそうなので、江戸近辺の生まれと思われた。

鋳掛屋の又六はどうやら江戸の生まれだが、どこかへ引っ越し、また戻ってきたようだった。父親の仕事を継いで鋳掛師になり、その腕前は高く評価されていたらしい。

——皆、江戸にいなかった時期がある。このことが、何か関係しているのだろうか——

六名の唯一の共通点に、木暮は頭を捻る。だがいくら探っても、この六名が江戸で親しくしていたというような話は、一切出てこなかった。

熱心に探していた消えた舟も見つからず、「こりゃ、猟奇的な奴らの餌食になっちまったかな」と木暮たちは頭を抱えてしまった。

ところが、だ。八日目に、消えた者の一人である植木屋の金太が、なんとふらりと帰ってきた。多少は憔悴しているものの、怪我一つなく、まったく無事な姿で。

これには誰もが驚き、木暮と桂は金太のもとへ駆けつけた。

「いったい何があったっていうんだ？」

木暮が問い質すと、金太は答えた。

「一月ほど前、俺のところに文が届きましてね。《もうすぐ勝造親分の三回忌なので、少し早いですが精霊流しの会食をしたいと思います。是非、お越しください》と書かれてあったのです。日にちと時間、集まる場所も記されておりました。水無月一日、六つ（午後六時）に、深川の船宿〈すみ屋〉で、と」

「舟遊びへの招待状だな」

「ええ、まあ、そのようなものでした」

「差出人は誰だったんだ」

「米問屋の大旦那である、金兵衛の名が書かれてありました。俺はその人のことは正直知らなかったのですが、てっきり勝造親分に御縁のある方かと。親分にはたいへん御恩がありますので、絶対に出席しようと思ったのです」

　木暮と桂は顔を見合わせた。——亀次が下っ引きだった頃の親分というのは、確か勝造といっていたよな——と思い出したのだ。

　親分といえば、地域の顔役であり、時には岡っ引きを兼ねることもある。

「お前さんは、どうしてその勝造親分に恩があったんだい？」

「はい。江戸へ来たばかりの頃、町で因縁をつけられまして、まだ若かったこともあって立ち向かっていって大喧嘩になりまして。相手にドスを抜かれて危なかった時、親分が止めに入ってくださって、助かったのです。まあ、怒られましたけれどね。……それからは目を掛けていただいて、仕事の世話などもしてくださって。その方の三回忌ならば、なにがなんでも行かなくてはと。差出人のことなど深く考えもせずに、迂闊にも出掛けてしまったという訳です」

「それで舟に乗せられたということか。舟にはその金兵衛を騙った男も乗ったんだな？」

「はい。なんとなくおかしいなとは思ったのですが、偽者とはっきり気づいた時には後の祭りでした。親分の三回忌の集まりという訳でもなく……おびき寄せるための誘い文句だったのでしょう」

　金太は唇を嚙み締めた。

「それでその謎の男に脅され、お前さんたちはおとなしく連れていかれたのか？」

「はい。『言うことを聞いてもらう』と刃物を見せられまして。浪人者もいましたし、どうにかしてその男を倒すことも出来たのかもしれませんが、『俺に襲い掛かったら、仲間がこの舟に乗り込んできてお前らを全員殺る』と凄まれて、恐ろしくなってしまって……」

「それで言うことを聞いちまったと」

「はい。謎の男に命ぜられたとおりに船頭が漕ぎ、舟で連れていかれました。暗くてはっきりした場所は分かりませんでしたが、川のほとりで舟から降ろされると、男の仲間たちが数名、駕籠を用意して待っていたんです。そこで目隠しをされ、駕籠に乗せられて運ばれました。林の中の、広い一軒家でした。その家に閉じ込められ、過ごしていたという訳です」

「そこでいったい何をしていたんだ？　何をされた？」

「はい。手荒なことなどは何もされませんでした。それどころか、とても手厚くもてなしてもらいまして。食っては寝て、呑気に楽しんでおりました」

　木暮と桂の目は点になった。

「楽しんでいたって……勾引かされたというのにか？」

「はい……語弊がありましたら、すみません」

　金太は項垂れる。

「船頭はどうしたんだ？」

「船頭もその家へと連れてこられ、共に過ごしておりました」

「いったい、誰が何のためにそんなことをしたってんだ？　お前さんたちを何日か呑気に過ごさせるために、連れ去ったっていうのか？」

「私も分かりません。……あ、毎食後、薬草を煎じたものを飲まされていましたので、もしかしたら、その効果のほどを我々で試していたのかもしれませんね。考えられるのは、それぐらいでしょう」

「薬草だと？　それはどんな味がした？　それを飲んで、何か異変はあったか？　痺れるとか、気分が悪くなるなど」

「いえ、おかしな症状はありませんでした。でも毎日きっかり同じ時刻に飲まされましたね。毎日、三回。正直、苦くて美味しいものではありませんでしたが、命に危機があるようには感じられませんでしたので、ちゃんと飲みましたよ」

木暮と桂は再び顔を見合わせる。桂が木暮にそっと耳打ちした。

「どこかのちょっとおかしな医者か何かが企てたんでしょうか」

「実験、ってやつか」

木暮も小声で返し、金太に向き直った。

「話は戻るが、ほかの五人ってのも、お前さんと同じような文が送られてきてたのか？」

「はい、そのようです。ほかの人たちもそれぞれ勝造親分に恩があるようでした。でも、我々は初対面だったんです。だから初めはなんだか気恥ずかしかったんですが、一軒家で過ごすうちに、打ち解けていきましたね」

「送られてきた文って、まだ持ってるか?」

「すみません、一軒家で没収されてしまいました。ほかの人もそうでした」

「そうか、じゃあ見ることは出来ねえな」

「あの……なんだか御迷惑お掛けして、すみませんでした」

金太は頭を掻いた。

木暮と桂は呆気に取られながらも、閉じ込められていた一軒家の場所を執拗に訊ねた。しかし金太は、こう答えるばかりだった。

「目隠しをされて駕籠で連れていかれたので、本当にはっきり分からないのです」と。

金太はこうも言った。

「皆、無事だと思います。そのうち一人ずつ戻ってくるでしょう」と。

金太が住む浅草花川戸町の長屋から奉行所に戻る間、木暮と桂は勘を働かせた。

「ありゃ、おかしいな。きっと、あいつは金子でも握らされて、あんなふざけた証言をしたに違(ちげ)えねえ」

「私もそう思いました。もしや金太は悪党たちの仲間で、連れ去る時、奴が手引きしたのではないでしょうか？」

「そうとも考えられるな。……すると、ほかの者たちは本当に無事なんだろうか」

熱い風が吹き、砂埃(すなぼこり)が舞う。二人の同心はばら緒の雪駄(せった)で、ざくざくと地面を踏み締めながら歩いていった。

木暮たちは植木屋の金太の証言を疑っていたが、二日ほど経って、亀次夫婦が帰ってきた。二人ともやや憔悴しているものの、金太と同じくまったく無事であった。

木暮と桂は執拗に訊ねたが、この夫婦も判で押したが如く、金太と同様の証言をした。内容は細部に至るまで、ほぼ一致していた。

舟で連れ去られ、目隠しされて駕籠に乗せられ林の中の一軒家に連れていかれ、そこで毎日決まった時刻に薬草を煎じたものを飲まされた、と。手荒なことは何もされず、ごろごろして過ごすだけだったという。

「その話は本当なんだな？」

何度も念を押す木暮に、亀次はバツが悪そうに答えた。

「旦那に嘘を言うはずがありませんや。信じてください。……早く逃げ帰りたいと、それればかり考えていたのですが、閉じ込められちまって一歩も出られなかったんです。昼も夜も交代で、一日中見張りがついてる状態だったんで……。ようやく『帰ってもいい』と許しが出て、戻ってこられたという訳ですわ。まことに御迷惑をお掛けしました」

亀次とお早は畳に頭を擦りつけ、平謝りだ。木暮と桂は腕を組み、首を捻った。

「なんとも不可思議な話だよなあ。まあ、二人とも無事でよかったけどよ。藤江様、相当心配なさってたぜ。ちゃんと謝っておけよ」

「は、はい。今から早速、おわびに伺います」

藤江に対して申し訳ないという思いが込み上げるのだろう、亀次は涙ぐむ。

「気持ちは分かるけどよ。舟に乗ってしまったのは軽率だったな。いくら、お世話になった勝造親分の三回忌という名目だったにしろ。親分へ義を通すというのは、お前らしいけどよ」

「は、はい。確かに軽はずみでした。でも、人を騙すのに親分の名を使われて……悔しいですわ、心底」

金太は唇を嚙み締める。

「結局、お前たちを連れ去った者たちというのは、勝造親分とは何も関係がなかったんだな？」

「はい、そのようでした。ただ、親分とおいらたちがそれぞれ付き合いがあったということを知っていて、それを餌におびき寄せたということでしょう」

「それぞれ親分とはどういう経緯で付き合いがあったのか、分かるか？　閉じ込められている間、そのような話はしなかったのか？」

「はい。皆、多くは語りませんでしたが、水茶屋の女将のお袖さん。あの人は、店でおかしな浪人が因縁をつけて暴れ出した時に、居合わせた親分にその場を収めてもらったと言っていました。御浪人の岩谷殿は、殺しの疑いを掛けられた時、親分が真の下手人を捕らえ、窮地を救ってもらったそうです。鋳掛師の又六さんは……」

亀次は一瞬口を噤み、息をついてから続けた。

「悪党どもに嫌がらせをされて、仕事が出来なくなりかけた時、親分が睨みを利かせてくれたので、仕事を続けることが出来たと話してました」

「悪党どもに嫌がらせを？　いったいどうしてそんなことをされたんだ？」

「さあ……おいらも詳しくは分かりません。まあ、考えられますのは、又六さんはかつて悪党どもと何かの付き合いがあったのかと。そこを抜け出そうとして揉めたことがあったのかもしれません」

「まあ、そんなとこだろうな」

木暮と桂は腕を組んで苦み走った顔つきになった。

「いったいどういうことなんだ」と木暮たちが訝(いぶか)っていると、その翌日に水茶屋の女将のお袖が、その翌々日に鋳掛師の又六が、そのまた翌日に浪人者の岩谷権内と船頭の隼人が戻ってきた。

皆、多少は憔悴しているものの、暴行されたような形跡もなく、無事であった。お袖など、なんだか嬉しげでもある。そして皆、木暮の問いに、判で押したが如く、植木屋の金太や岡っ引きの亀次と同じように答えた。

お袖は噂どおりの婀娜っぽい大年増。岩谷は忠吾並みのいかつい大男で、目の下に生々しい傷跡があり、江戸で無頼(ぶらい)な暮らしをしてきたことが窺われる。又六はどこか陰(かげ)のある男で、口数少なく、目つきは鋭かった。船頭の隼人は、無愛想(ぶあいそう)

だが受け答えは真面目だった。

隼人だけはほかの六人と少し違っており、謎の一軒家に連れていかれた後、離れの土蔵のようなところに閉じ込められていたという。食事はちゃんと与えられたが、薬草を煎じたものを飲むことは強制されなかったようだ。

そして皆、「その家がどの辺りにあるのか、よく分からなかった。見当がつかない」と口を揃えた。帰ってくる時も、皆、目隠しをされて駕籠に乗せられた。その後、段々と眠くなってきて眠り込んでしまい、気づくと舟の上にいて、大川橋の近くで降ろされ、そこから歩いて帰ってきたという。

「一軒家があったのは、もしや江戸ではなかったかもしれません。八王子とか、或いは秩父とか。周りには何もなかったですが、空気は澄んでいましたよ」とお袖は言った。

舟丸ごと連れ去られたにも拘わらず、何事もなかったかのようで、木暮たちはまさに狐につままれた気分だ。

――飲まされたのも毒物だった訳ではなく、本物の生薬だったようだし、本当に人の躰を借りて実験でもしていたのかもな。でも……それにしては手の込んだことをするぜ――

木暮はやはり釈然とせず、桂と話し合った。

「今までの事件でもあったが、薬を使っての悪巧みを考えている連中がいるのかもしれんな。忠吾たちに頼んで、その辺りを詳しく探ってもらうか」

「そうしましょう。皆、無事に帰ってきましたが、まだ油断は出来ないようにも思うのです。飲まされた薬というのは、すぐに効くのではなく、徐々に効いてくるものなのかもしれません。飲まされた者の誰かが、もしや数日後、ばったりと倒れたりしたら……」

「おいおい、恐ろしいことを言うな」

「でも考えられるのではないでしょうか。一軒家に閉じ込めておいてそこで死なれると困るので、悪党どもはこうして皆を解放し、その後の様子を陰で窺っているのかもしれませんよ」

「発明した薬を飲ませて、どれぐらいの期間で死に絶えるかをこっそり見ているってのか？　趣味の悪い奴らだなあ、おい！」

木暮はぶるっと身震いし、苦々しく付け加えた。

「まあ、探索は打ち止めになるだろうが、戻ってきた連中には注意しておいたほうがよいいな」

木暮が察したとおり、皆帰ってきたということで、この神隠し事件の探索は打ち切りとなった。

木暮は桂とともに〈はないちもんめ〉を訪れ、「いったい何のために骨を折ったってんだ」と嘆いた。

「よかったじゃないの。皆様、御無事で。探索は本当にお疲れさまでした」

お市は優しい笑顔で、二人に酌をする。愚痴をこぼしつつもお市を眺めていると、木暮の顔からは険が失せ、徐々に頬が緩んでいく。

木暮があまり見詰めるので、お市はにっこりと訊ねた。

「あら、私の顔に何かついてます?」

木暮は酒を啜り、しみじみと答えた。

「いやね、桂と一緒にさ、今回まさに狐につままれたようだと話していたんだよ。狐ってのは、あれは本当に嫌だよなってね。人を騙す、化かす、目が吊り上がって如何にも意地悪そうだ。女狐なんてのは論外！ 煮ても焼いても食えねえに違いねえ。その点、女将は笑うと目尻が垂れて、実に愛らしい。二十半ばだって可愛い、まるで狸のようだ。どうせ騙され、化かされるなら、垂れ目の女狸がよい。そんなことを思いながら女将を見詰めていたんだよ。……なんてな」

調子よく喋って額をぽんと叩く木暮に、お市は酸っぱい笑みを浮かべる。すると後ろを通り掛かったお紋が口を挟んだ。

「なんだい旦那、人の娘を狸だの狐だの！　お市はね、人様を騙したり化かしたりするような子じゃないよっ！　それに狐につままれたよう、なんてお嘆きだけどさ、旦那たちが間抜けだからあんな事件が起こるんだろうよ！　第一、あれ、事件じゃないだろ。結局、皆で舟に乗ったままどこかへいって、ごろごろ食っちゃ寝して暫く休んでたってことだろ？　皆で旅に出たはいいが、居心地がよくて長居しちまって、帰るのが遅れて騒ぎになったってだけだよ。正直なことを話すのが憚(はばか)られるから、皆で誤魔化してるんじゃないの？　狐も狸も関係ない、ただの間抜けな話さ」

お紋にぽんぽん言われるも当たっているような気がするだけに、木暮と桂はぐうの音も出ない。お市がさりげなくお紋を止めた。

「まあまあ、その辺で。大女将、口が過ぎるわよ。舟に乗ったまま、船頭さん含めて大の大人が七人も帰ってこなかったら、それは一応事件の扱いでしょ？　その結果は確かに間抜けなものだったかもしれないけれど、旦那方が間抜けというのとは、また別の問題だわ」

「……女将、なんの慰めにもなってねえよ」

木暮と桂が深い溜息をついたところへ、お花が料理を運んできた。

「旦那たちが狐だ狸だって騒いでいるから、目九蔵さんがこれをどうぞ、ってさ」

皿を眺め、男二人は「おっ」と顔をほころばせる。口を干瓢で縛った、真ん丸に膨らんだ油揚げ。煮汁が染み込んで、艶やかな狐色だ。

「これは巾着じゃねえか。中に餅が入ってんだろ。夏に餅ってのも乙なもんだな」

「では早速」

桂は箸を伸ばし、「あれ？　餅でしょうか」などと呟きながら頰張り、目を見開いた。嚙み締め、呑み込み、声を上げる。

「た、卵が入っております！　茹でた卵が丸ごと」

「そう、〝巾着卵の含め煮〟だって。餅の代わりに卵を油揚げの中に詰めて、干瓢で縛って出汁で煮て出来上がり」

お花がにっこり笑うと、木暮も「どれ」と箸を伸ばす。巾着卵にかぶりつき、木暮は大きく頷いた。

「油揚げと卵ってのは結構合うもんだな。出汁がよ、薄味だけれど利いてるなあ。油揚げは勿論、卵にまで染みてるぜ」

「この組み合わせには驚きです。油揚げと卵の甘みを、甘くない出汁が中和して、諄くないんですよ」

「食べ応えもあるしな」

嚙み締める度に、油揚げに染み込んだ煮汁がじゅわっと口の中に広がる。

「こんな旨い狐に騙されるなら本望だ」と二人は笑った。

次の料理は、お紋が運んできた。

「さて狐の次は狸だよ。〝狸汁〟だ。暑い時に、ふうふう言って温かいものを食べるのも乙なもんさ。さあ、どうぞ」

椀を覗き込み、木暮はにやりと笑った。

「狸が入ってるのかと思ったが、やっぱり蒟蒻のほうか」

「狸は臭みがあるといいますからね。まだ食べたことがありません。蒟蒻のほうが抵抗なくいただけます」

「この時季はなかなか手に入らないっていうね、狸肉は。まあ、蒟蒻でもじゅうぶん美味しいから、召し上がってみてよ」

　狸汁には二通りあり、一つが「狸の肉を野菜と一緒に味噌で煮た汁」で、もう一つが「蒟蒻を狸肉の代わりにして、大根や牛蒡とともに煮込んだ味噌仕立ての汁」だ。木暮たちに出したのは後者のほうで、安永七年（一七七八）刊の『屠龍工随筆』にも、「蒟蒻をあぶらにていためてごぼう大根とまじへてにるを名付て狸汁と云なり」と記されている。

　蒟蒻を油で炒めたり揚げたりすると、歯応えや色合いが、狸肉に似てくるという。それゆえ代用にされたのだ。

　油が薄らと浮かんだ汁をずずっと飲み、木暮と桂は「ああ」と満足気な息をついた。

「味噌仕立ての汁に、胡麻油ってのは合うな」

「まことに。この、炒めた蒟蒻から滲み出た油が、薄ら溶けているというのがいいんですよね」

「脂っこ過ぎず、こくがある。さすがは板前、その加減が絶妙だぜ」

　二人は目を細めて、蒟蒻を味わう。むちむちとした歯応え、ぷるぷるとした舌触りは、一種の恍惚を引き起こす。

「弾力のある蒟蒻じゃねえか。口の中で動いているみたいだぜ」

「炒めてあるので、芳ばしくて実によい味です。蒟蒻というのは、歳を重ねる毎に、その旨さが分かるようになりますね」

「ああ、それは俺も感じる。若い頃は蒟蒻なんて腹の足しにもならんと思っていたが、近頃は旨くて堪らんものなあ。こういう汁物や鍋に入ってるのもよいし、田楽（でんがく）やきんぴらなんかもいいしなあ」

うっとりと蒟蒻を味わう男たちを眺め、お紋は笑みを浮かべる。

「旦那方、いいこと言うじゃない。歳とともに食の好みも変われば、女の好みだって変わるんじゃない？　〝日暮（ひぐれ）の旦那〟だって、そのうちお市じゃなくてこのお紋さん目当てに、ここに通うようになるよお！　あ、もうなってきてるかい？」

「……あんまり減らず口叩くとよ、鍋に入れて食っちまうぜ、この狸婆あ」

木暮にじろりと睨まれ、お紋は「とんだ《かちかち山》だね」と舌を出す。お市がふと言った。

「でも……旦那は嫌がるけれど、〝日暮の旦那〟って呼び方、なんとなく素敵よね」

「え、そうかい？」

食べる手を急に止め、木暮はお市を見詰める。〝日暮の旦那〟とは、うだつが上がらず日暮れているように見える木暮のことを、お紋がからかってつけた綽名(あだな)だ。木暮は内心不愉快なのだが、それをお市が褒めたので、俄然(がぜん)色めき立つ。お市は木暮を優しい目で見詰め返した。

「ええ。本当のお名前も確かによいけれど、〝日暮の旦那〟って、なんだか恰好いいじゃない。日暮……黒が似合う、渋い男を思い起こさせるわ。夜に輝く、妖(あや)しい男。闇に佇(たたず)むヌエ（鵺）、のような」

お市にそんなことを言われて、木暮の鼻の下はだらりと伸びる。伸び過ぎて、顔の長さが倍ほどになりそうだ。

「そ、そうかい。それなら呼んでちょうだいよ、俺様のことを〝日暮〟とね！　闇に佇むヌエ、なんて恰好いいじゃねえかよ、ちくしょう！　という訳で、今日からは俺様、〝日暮の旦那〟でいくから、よ・ろ・し・く」

顔を紅潮させてはしゃぐ木暮に、お紋が訊ねる。

「旦那、あんた、ヌエって何か知ってんの？　クエじゃないよ」

「ヌエでもクエでもどちらでもいいよ！　懐(ふところ)のデカい男ってのはな、細かいことは気にしねえんだ。という訳で、ヌエでもクエでも、日暮でも木暮でも、どちらでもいいってことよ！」

「じゃあ、女将でも大女将でも、どちらでもいいだろ？」

「それは話が別ってことよ！」

「牛蒡と大根はどうですか？」

　笑いを噛み殺しながら、桂が訊ねる。木暮はふと真顔になった。

「そういや、この店では夏でも大根が食えるんだよなあ。前々からありがたいと思ってたんだ。また、みずみずしくて旨くてよ。牛蒡はしゃきしゃきと、この狸汁に入ってるのはどれも歯応えがいいな。大根も牛蒡もどちらも甲乙つけられねえや」

　木暮は狸汁に浮かぶ大根と牛蒡を、嬉々として食む。この時代、大根といえばやはり冬である。お市はにっこりと答えた。

「茂平さんが夏に穫(と)れる大根を作っていて、毎年、それを分けてくれるのよ」

「ああ、あの、うろうろ舟の親爺(おやじ)か。そういや言ってたな、普段は麻布狸穴で百姓をしているって」

「そうなの。毎年、夏大根の種を清水村(しみずむら)までわざわざ買いにいっているんですって。希少な夏大根を分けてくださるんですもの、ありがたいことよね」

「清水村っていうと、板橋宿の先のほうか。へえ、あそこでそういう種が売られているんだなあ」

「私も初めて知りました。夏の大根、まことに乙なものです」

額に汗を浮かべて汁を啜る二人に、お紋が教える。

「冷たい御飯にね、冷えた大根おろしをかけて食べるのもいいよ」

「おっ、いいねえ。〆はそれでいこう！」

「私も是非それで！」

二人は狸汁を一滴も残さずに平らげ、〆の〝冷や御飯、大根おろしがけ〟を頼んだ。お紋がその料理を、お市が追加の酒を取りに板場へ下がると、木暮は桂にそっと耳打ちした。

「ところで、ヌエとクエって、いったいどう違うんだ？」と。

ちなみにヌエ（鵺）とは、猿の顔、狸の胴体、虎の手足を持ち、尾は蛇(へび)という、妖。

一方、クエとは、見た目はぼてっとしているが脂が乗って非常に美味なる魚だ。幻の魚と呼ばれるほど獲るのが難しいが、紀伊の日高郡日高町では江戸時代初期から〝クエ祭り〟なるものがあった。

しかし、木暮はもとより、桂もヌエとクエの違いがよく分からぬようだった。沽券に関わるので、お紋が戻ってきてもヌエやクエのことなど決して訊ねたりしなかったが。

付鬢といい、桂はなかなか見栄っ張りなのだ。


土用になるので、鰻の料理を伝えるべく、お花は往来に立って引き札（散らし）を配った。暑さにも負けず、お腹の底から大きな声を出す。

「北紺屋町の料理屋、〈はないちもんめ〉だよ！〈はないちもんめ〉の鰻料理を食べて、夏の疲れを吹き飛ばそう！」

快活なお花につられ、また人が群がってくる。

「いつも元気だねえ。その元気にあやかりに、食べにいくよ」

「やっぱり夏は鰻よねえ。精力つけなくちゃ」

お花は笑顔で「ありがとうございます」と引き札を配っていく。

「暑いのに頑張るねえ」と、冷水を差し入れしてくれる人までいて感謝の限りだ。

お花がなんだかんだと暑い日も寒い日も往来に出ていくことを好むのは、そのような触れ合いが楽しいのかもしれない。

今日も引き札は瞬く間に減り、残り五枚というところで、玄之助と八重に出くわした。ともに寺子屋の師匠で、〈はないちもんめ〉によく食べにきてくれる二人だ。

「これはお花殿、仕事熱心な」

「暑いからお躰に気をつけてくださいね」

武家の出である二人は、いつも礼儀正しい。お花が引き札を渡すと、快く受け取ってくれた。

「お時間があったら、いらしてください」

お花が微笑むと、玄之助と八重は「近いうちに、是非」と声を揃えた。

仲睦まじい二人の後ろ姿を見送りながら、お花まで温かな気分になる。すると……お花の目の前を、見覚えのある者たちが、こそこそと通り過ぎようとした。

「お鈴にお雛じゃない！　どうしたの、忍びの者のように」

お花が声を掛けると、二人は振り返り、「しっ」と口に指を押し当てた。お鈴とお雛はともに十歳で、寺子屋の師匠である玄之助をめぐって恋敵なのだ。いつも些細なことで喧嘩をしているのだが、今日はどうも親密である。

「お花ねえちゃん、今忙しいから、後でね」

お鈴とお雛は小声で言って、去っていこうとする。お花はふと思い当たり、訊ねた。

「あんたたち、まさか玄之助さんと八重さんを尾けているんじゃ……」

「しっ、声を潜めて。気づかれないようにしてるんだから」

「あの二人が、休みの日に何か間違いを起こさないよう、見張っているの」

「そう。お師匠様の貞潔を守るためにね。何か起きそうになったら、私たち二人で邪魔をしないと」

「貞潔って……」

お花に笑いが込み上げる。

「そういう訳だから」

「またね」

お鈴とお雛は目を爛々と光らせ、玄之助と八重の後を追い掛けていった。

お花は呆然と、二人の童の後ろ姿を見送る。なんだか急に暑さを感じ、団扇でパタパタ扇いだ。

引き札も残り一枚という時、今度は茂平とばったり会った。

「よお！　今からおたくに弁当取りにいくとこさ」

茂平は顔をくしゃっとさせて笑う。日焼けした肌には皺が多く刻み込まれているが、晴天の下だと、そんな皺さえ恰好よく見える。

お花が茂平と少し立ち話をしていると、亀次が通り過ぎた。亀次は引き札を受け取り、お花に言った。

「この前はどうも御馳走さんでした。いやあ、旨かったです。また行きますわ」

「あ、それはよかったです！　また是非、いらしてください」

お花はにっこり微笑んだ。亀次が去っていくと、茂平が首を傾げた。

「今の人、どこかで見たことがあるような。どこだっけな」

「ねえ、もしや、例の消えた屋根舟で見掛けたんじゃない？　今の人、あの舟に乗ってたみたいだよ」

「え、そうなのかい？　ああ、そうか。あの時、簾が上がって、ちらと見えたような……気もするなあ」

「おかみさんと一緒だったんだよ。あの人、岡っ引きなんだけど、夫婦で連れ去られちまったんだって」

「なるほどねえ。しかしそりゃ、ちょいと間抜けな岡っ引きだな。まあ、無事でよかったけどよ」

「ああ、あたいもそう思った！　ちょっと間抜けだよね、やっぱり」

お花と茂平は顔を見合わせて笑った。

第三話　手懸かり料理

一

何事もなかったかのように収まった舟連れ去り事件であったが、数日経って、新たな展開を見せた。

戻ってきた者の一人、鋳掛師の又六が刺殺されたのだ。一人住まいの長屋で息絶えているのを大家が発見し、木暮と桂が駆けつけた。

又六は背中と腹を何箇所も刺されており、辺りは血の海、壁にも血飛沫が散っていた。叫び声を上げさせぬためだろう、口には手拭いを嚙まされていたが、その手拭いにも血が滲み、目は宙を睨むかのようにカッと見開かれている。部屋は荒らされ、徳利がひっくり返り、死体は盃を握り締めていた。

暑い時季、血の臭いに噎せそうになりながら、木暮と桂は死体をよく見た。

「誰かと酒を吞んでいる時に、殺られたのでしょうか。盃は、摑んでいるものしか見当たりませんが」

「いや、吞んでいる時に唐突に、これほど何度も突かれたら、盃を持っていたとしても落としちまうだろう。恐らく絶命する寸前に、傍にあった盃を摑んだんじゃねえか？　耐え切れぬほどの痛みに襲われた時というのは、何かをきつく握ると、痛みが少しでも紛れるような気になるからな」

「なるほど。激痛で思わず握り締めてしまったんですね」

「ほら、指が食い込んじまってるかのように、盃から離れねえ。よほどの苦悶だったんだろう」

木暮と桂は眉根を寄せる。見たところ、死後半日から一日といったところだった。

木暮は、立ち会った大家に訊ねた。

「ここの長屋に住んでいる者は、誰も異変に気づかなかったんだろうか？　これだけのことをしたら、物音が聞こえたと思うのだが」

「はい。仰るとおりですが、店子たちは誰も気づかなかったと言います。又六さんのこの部屋は長屋の一番端で、隣が空き部屋になっているというのも、その一因でしょう。それに又六さんは、鋳掛の仕事を引き受けると、家でこなしておりました。忙しい時などは昼夜閉じ籠もっていたので、ほかの店子たちと付き合いがある訳でもなく、誰もそれほど又六さんを気に留めていなかったようです。そういうと薄情に思えるかもしれませんが、又六さん自身が『あまり気安くするな』といったような雰囲気を漂わせていたんですよ。だから皆、敢えて又六さんを放っておいたのでしょうが、こんなことになってしまって……。やはりもう少し、近所の者たちが気に懸けておくべきでした」

「大家は声を掠れさせた。ちなみに〝鋳掛屋〟は出職であるが、〝鋳掛師〟は居職であり、それゆえに又六は家で仕事をこなしていたという訳だ。

「うむ。だがよ、いくら近所付き合いが希薄でも、盗人なんかが忍び込んでこれだけのことをしたら、異常な様子に絶対誰かが気づくぜ？　誰にも気づかれることなく、すっと家の中に入り、手拭いを嚙ませておとなしくさせ、前から後ろから刺して絶命させる……こんなことが出来るのは、顔見知りだな、やはり」

「家に上がり、酒などを酌み交わしているうちに、その者は突然豹変したのでしょうか。又六に襲い掛かって、或いは気絶をさせるかして手拭いを嚙ませ、声を上げられないようにしてから何度も刺したのでしょうか」

「うむ。恐らくそうだろう。そいつがこの家へ出入りしたのを誰からも目撃されていないってことは、夜遅くだったかもしれねえな」

「一人でやったのでしょうか。複数犯とも考えられませんか。二人、或いは三人だったら、もっとやりやすかったのでは」

「まあな。押さえつけたり、刺したり、家捜しをしたりを分担して出来るからな。……これだけ荒らしていったということは、金子や金目の物はすべて奪っていったな。仏さんがどれほど貯め込んでいたかは分からねえが」

大家がおずおずと口を挟んだ。

「又六さんは、結構稼いでいらっしゃったと思いますよ。腕がよいと評判で、仕事の依頼は絶えないようでしたし、儲けたからといってぱっと使ってしまうような人でもありませんでしたから」

「なるほどなあ。……ってことは、やはり金品目的の強盗か。でもよ」

「そうですよね。例のあの事件との関わりを、どうしても疑ってしまいますよね」

木暮と桂は頷き合う。

——この殺しには、舟で連れ去っていった者たちが関与しているのではないか

——と。

「凶器は匕首でしょうか」

「どうだろうな。血の飛び散り方といい、鋭い刃物で刺してえぐっているように思えねえか？　匕首ってよりは鋏みたいなもんかな？　検死してもらって、はっ

きり突き止めてもらうか。御丁寧に凶器は持ち帰っちまったようだからな」

木暮と桂は傷口をじっくり見てみようと、腰を屈めて、又六が纏っていた着物をはだけさせようとした。すると桂が「おや？」と声を上げた。

「どうした」

「いえ、何かがちょっと見えたような気がしたので……」

そう答えつつ、桂は死体の胸元に手を掛ける。木暮も「あれ？」と眉根を寄せながら、桂と二人で、脱がしていった。

遺体の肌が露わになると、木暮と桂、そして大家は息を呑み、目を見張った。又六の背中一面には、大蛇と藤の花が絡み合った柄の、刺青が彫られていたからだ。その図柄に巧く組み込ませ、平仮名の「ぬ」という文字が大きく彫ってある。

見事な彫り物に、木暮たちは言葉を失ってしまった。暑い昼間、血の臭いがいっそう濃くなり、木暮の額に玉の汗が浮かぶ。

狂ったように飛び回る蝿を手で払い、木暮は大家に訊ねた。

「この彫り物のことは、知っていたのか？」

「……いえ、今の今まで、少しも存じませんでした」

大家の声は震えていた。

医者の掛井無道に検死をしてもらったところ、凶器は植木鋏ではないかと判断された。掛井は木暮に伝えた。

「死亡したと思われるのは、昨夜の五つ（午後八時）から四つ（午後十時）の間。凶器でえぐられたのは背面一箇所、腹面二箇所。背中を初めに刺し、次に腹部を狙ったものと思われます。三箇所とも一突きで深くえぐっています。使われた凶器は同じものでしょう」

「ってことは、単独犯の可能性もあるってことか」

「それはなんとも言えません。肩を強く押さえつけたような跡もありましたので、押さえつけた者と刺した者、少なくとも二人はいたとも考えられます」

「やはり複数犯なのか。……しかし、ずいぶんすばしっこい奴らだな。人目につかずに、物音も立てず、殺しをして、金品を奪って風のように消え失せたなんてな」

木暮は腕を組み、苦い顔つきになる。桂が耳打ちをした。

「凶器が植木鋏ということは……あの植木屋は関係しているのでしょうか」

「舟で連れ去られた六名の一人、金太だな。ってことは、どういうことだ？　やはりあの一件には裏があったってことか。あいつら、判で押したような同じ答えで、おかしいとは思ったんだよな。あいつらは舟で連れていかれた後、何らかの事情があって、口裏を合わせなければならなかったんだ、きっと。そして皆で必死に口裏を合わせたものの、何かまずいことが起きてしまった……」

「それで、又六が殺られてしまったと。では複数犯ならば、やはりあの中の誰かが共犯ということでしょうか」

「そういうことになるだろうな」

木暮と桂は眉根を寄せる。木暮は少し考え、言った。

「金太が殺しに関わっていたとしても、小柄なあいつにあんなに深くえぐることが出来るほど、力があるようには見えん。もしや莫迦力があるのかもしれんが、ちょっと考えにくい。ってことは、とどめを刺すだけの力がありそうなのは」

「大男の岩谷権内ですね」

「そうだ」

「まだ推測の域を出ませんが、凶器はどうやら植木鋏と判明しましたので、金太をしょっぴいて白状させましょうか」

「うむ。凶器そのものが見つかった訳ではないが、逃げられても困るから、話を聞くという名目で締め上げるか」

木暮はにやりと笑った。

木暮は桂と忠吾を伴い、金太が女房と一緒に住む浅草花川戸町の長屋まで押しかけ、凄んだ。

「ついに死人が出たんだ。さあ、何があったのか、正直なことを話してもらおうか。口裏を合わせたものの仲間割れでもして、植木鋏でお前がぐさっと殺ったんだろ！」

男三人がどすを利かせると、金太は舌打ちした。

「てめえ、その態度はなんだ！　しょっぴいて、白状するまで拷問してやってもいいんだぜ、おら！」

忠吾が金太の胸倉を摑んで激しく揺さぶる。胸元がはだけ、帯が緩むほどに。

すると木暮が「おい、待て！」と叫んだ。忠吾の動きが止まる。

木暮は、ぜいぜいと息をついている金太に近づき、衿に手を掛け、勢いよく着物を剝ぎ取った。

露わになった金太の肌を見て、一同は目を瞠った。金太の背中にも、見事な刺青が入っていたからだ。

金太は顔を背け、再び舌打ちした。木暮が凄んだ。

「お前さんもモンモンが入ってたのか。殺された又六も、見事なのを背負ってたぜ。これはいったいどういうことだ！」

観念したのだろう、金太は急に涙声になった。

「は、話します！　すべて正直に話すから、勘弁してください。……誓って本当に、俺は殺ってません。まったくの濡れ衣です。お願いですから信じてください」

金太によると、舟で連れ去られたというのは嘘で、皆で結託して、米問屋の大旦那・万屋金兵衛を名乗る男に、力添えしていたという。

その力添えとは、見知らぬ一軒家に閉じ籠もり、来る日も来る日も、「背中の刺青」を見せることだった。それだけで充分過ぎるほどの報酬をもらえたという。

手荒なことは何もされず、三食昼寝つきの、極めて楽な仕事だった。

つまり、集められた者たちには皆、刺青があった。それが共通点だったのだ。

　一月前、金太に届いた奇妙な文には、次のようなことが書かれてあったという。

《もうすぐ三代目・松義丸（まつよしまる）の三回忌でございます。個人を偲（しの）び、少し早いですが、精霊流しの会食をしたいと思っております。御飲食代などはもちろんこちらでもたせていただきますし、いらしてくださった方には、心ばかりの謝礼もさせていただきます。是非ともお越しくださいますよう》

　差出人の万屋金兵衛には覚えがなかったが、彫り師だった松義丸のことははっきり覚えていた。金太の背中の刺青を彫ったのが、松義丸だったからだ。

「じゃあ、お前がこの前話した『勝造親分の三回忌』ってのは嘘だったんだな？」

「はい……すみません。松義丸の三回忌というのが本当です」

　木暮たちは苦々しい顔をしながらも「続けろ」と促した。

　金太は松義丸の名を聞いて懐（なつ）かしさを覚え、好奇心も手伝い、会食に参加しようと思ったという。

「飲食代がただで、謝礼をもらえるというのも、とても魅力だったので」

　金太はバツが悪そうに語った。

いざ当日になり、集まった者たちはそれぞれ初対面であったが、舟で飲み食いしているうちに、すぐに打ち解け、仲間意識が芽生えたという。松義丸との思い出話にも花が咲いた。

ところが宴もたけなわの頃、舟に一緒に乗った偽の万屋金兵衛が妙なことを言い出したため、風向きが変わった。

「実は皆様にお願いがございます。是非とも、私どもにお力添えいただきたい。三代目松義丸が皆様の背中に命をかけて刻んだ彫り物を、私どもに見せていただきたいのです。謝礼は御一人様十両（約百万円）で如何でしょう。誓って手荒なことなど何もいたしません。ただ見せてくださるだけでよいのです。どうぞこのとおり」

そう言って、偽の金兵衛は皆に頭を下げたという。

木暮は金太の話を遮った。

「おい、おい。背中の彫り物を見せるだけで十両の謝礼ってのは、本当だったのか？」

「疑うのも無理はありませんが、本当でした」

桂が口を挟んだ。

「じゃあ、それを見せてもらおうか」

するると金太は眉を動かし、こう答えた。

「……すみません。もう手元にはありません。色々なところに借金があったので、その返済にすべて使っちまいました」

木暮と桂は顔を見合わせた。

「色々なところって、どんなところだ？」

「それは……女房の前では言えませんや。まあ、呑んだり遊んだりで出来た借金です。これで分かってもらえやしたでしょう。それを返したくて、奴らの言いなりになっちまったという訳です」

木暮は、部屋の隅に座っている金太の女房を見やり、訊ねた。

「お前さん、亭主の借金のことは知ってたのか？」

すると女房は頷き、答えた。

「亭主がいなくなって、最も心配だったのは、金子に関する揉め事に巻き込まれたのではないかということでした」と。

金太は続けた。

「十両に目が眩んだのは、俺だけじゃねえ、ほかの五名もそうでした。そりゃ話を聞いて、胡散臭い、怪しいとは思いましたよ。でもまあ、皆で相談しましてね。いざとなったら腕っぷしの強そうな御浪人もいることだしと、その妙な話に乗ってみることにしたんです」

「それで舟を下りて、皆でその偽の金兵衛についていったのか。そういうことなら、どの辺りで舟を下りたかは覚えているよな」

「はい。大川橋の先の辺りでした。でも、やはり家の在処を知られたくなかったのでしょう、偽金兵衛の仲間たちが待ち構えていて、目隠しをされて駕籠に乗せられ、時間を掛けて運ばれました」

「一軒家の場所はどうしても分からねえか」

「はい、すみません。なんだか同じところをぐるぐる回っていたような気もしますし、長い坂道を上っていったような気もします。そして見知らぬ家に運ばれ、そこで刺青を見せるという仕事をさせられました」

「船頭にも彫り物があったのか？」

「いえ、船頭にはありませんでした。船頭はとんだとばっちりで、一緒に連れていかれてしまったんです。でも、口裏を合わせるようにと、奴らは船頭にも謝礼を渡したはずですよ」

「そういうことだったのか。……では、煎じた薬を飲まされたというのも嘘か」

「はい、そのとおりです。すみません。刺青を見せていたというのが真相です」

五名ほどいた偽金兵衛の仲間は、食い入るように刺青を眺めながら、こんなことをぼそぼそ話していたという。

『さっぱり分からん。これをどう手懸かりにしろっていうんだ』

『読み解けねえなあ。こいつらの彫り物と、食べ物を合わせて考えてみろって言ったんだろ？』

『その食べ物だって、何かはっきり言わなかったしな』

などと。金太は言った。

「どうやら俺たちの彫り物には何か秘密が隠されているらしくて、奴らはそれを探り当てようとしているが見当がつかなくて、四苦八苦しているようでした」

あまりに奇妙な話に、木暮たちは言葉を失ってしまう。金太は「すみません、本当のことなんです」と謝りつつ、続けた。

「奴らは、やがて彫り物を熱心に写し始めました。つまりは俺たちの刺青を一人ずつ細かく写し取っていたがために、時間が掛かって、なかなか帰してもらえなかったという訳です。舟に乗っていた時に偽金兵衛が言ったのは『刺青を見せてくれるだけでいい』とのことだったので、皆、当日もしくは翌日には戻れるものと思っていたんですよ。それなのに奴らが間抜けなせいで、刺青の謎が解けずに隅々まで写し取るということになり、足止めをくらってしまったということだったんです」

「それで『舟遊びにいったまま帰ってこない』と、周りが騒ぎ出しちまったという訳か。災難だったが、金に目が眩んだお前らも悪いな」

木暮、桂、忠吾に睨まれ、金太は「すみません」とひたすら謝る。

「それでそいつらは、刺青を写し終えた者から順に、謝礼を渡して帰してくれたという訳だな」

「はい、そのとおりです。『このことは誰にも決して話すな』と念を押されました。『もし話したら、ただではおかねえ』と。旦那方のような、町方のお役人などに事情を聴かれた場合の答えも用意してあって、『このとおり証言しろ』と指図されたんです」

「だから皆、判で押したような答えになったという訳だな。まあ、よく話してくれたな。『決して話すな』って脅かされたってのによ」

金太は「はあ……」と呟き、項垂れる。

「俺、大丈夫でしょうか。次に狙われるの、俺かもしれません」

「又六を殺ったのは、俺の勘だとそいつらではないから、大丈夫だろうよ。まあ、気をつけといたほうがいいとは思うがな」

肩を落とす金太を、女房は心配そうに見詰めている。

「しかし六名の刺青に、いったい何が隠されているというんだろうなあ」

「俺にも分かりませんよ」

金太はぶすっとして答える。木暮は殺された又六についても訊ねた。

「又六のことを悪く思っていそうな者はいなかったか？」

「そんなことはなかったんじゃありませんかね。あ、でも……そういえば又六は酒癖がちょっと悪いようでした。酔うと、『近頃羽振りがいい』というようなことを自慢げに話していましたね。だから、心の中でやっかんでいる者もいたかもしれません」

「なに、羽振りがいいと？」

「はい。俺が見た限り、金に一番執着しているのは、又六のようでしたよ。小判をよく眺めていましたしね」

「その小判ってのは、謝礼でもらったものか」

「いえ、又六はどういう訳か初めから小判を持っていたんです。それを取り出しては、ごろごろしつつ、表も裏もじっくり見てるんですよ。だから俺たち、陰で言ってました。『よほど金が好きなんだな』とね」

「なるほど……普段から小判を持ち歩いていたって訳か」

木暮は腕を組み、考える。

――大家が言っていた、又六が結構貯め込んでいたって話は本当なのかもしれんな。それでも十両がほしくて怪しげな話に乗っちまうんだから、人の欲ってのは際限のないもんだ――

「ほかの五名についても、気になったことはなんでもいいから話してくれ」

と桂が言うと、金太は唇を少し舐めて答えた。

「あの、又六を殺めた凶器が植木鋏と仰ってたじゃないですか。実は俺、いざという時の護身用にと植木鋏を携えて、舟に乗り込んだんです。ずっと肌身離さず持っていたのですが、刺青を見せている間に、その鋏を一軒家で誰かに盗まれてしまいまして。鋏ぐらいだったので騒ぎ立てたりはしませんでしたが……あの浪人者を密かに疑っていたんです」

「岩谷か」

「はい。あの男、なんだか不気味な感じだったので。だから、俺から奪った鋏で、もしや、と」

——あの大男だったら、一人でも又六を殺めることは可能だろうな——と思いながら、木暮は訊ねた。

「岩谷と又六はどんな雰囲気だったか？」

「お互い、よい印象はなかったのではないでしょうか。ろくに口もきいてませんでしたから」

木暮は最後に念を押した。

「お前ら六名は、知り合いなどでは本当になかったんだな？　本当に初めて会った者同士だったんだな？」

「はい、同じ彫り師に彫ってもらったものの、見ず知らずの者同士でした」

「本当なんだな。偽証すると、身のためにならんぞ」

「本当です」と金太は言い切った。

木暮は金太に、彫り物をよく見せるよう、命じた。金太は振り返り、白日のもとに背中をさらした。

それを眺め、木暮たちは思わず唸った。

金太の背中一面に彫られていたのは、「龍と紅葉」の図柄に、平仮名の「も」が絡み合ったものだった。これまた見事な迫力だ。

木暮は思った。

――確かにこの彫り物を細部まで正しく写すには、絵師でもなければ相当時間が掛かるだろう――と。

「これはいつ頃彫ったんだ？」

「もう十年以上も前ですよ。若気の至りってやつでね。別に破落戸って訳ではなかったんですが、彫り物を背負うと、なんかこう強くなったような気になるんですよ。自分に気合を入れるために、彫ったって訳です」

金太は少しも悪びれず、微かな笑みさえ浮かべた。

「この図柄、お前さんがこう彫ってくれと頼んだのか」

「ええ。俺は龍を彫ってくれと頼んだんです。そしたら松義丸がしばらく考えて、紙に描いて見せてくれました。それが、この図柄だったんです」

「それで承知したって訳だな。平仮名を彫られることに抵抗はなかったのか」

「特にありませんでした。このような柄は珍しいから、却って粋かなと喜びましたよ。一応は訊きましたけれどね、なぜ『も』なのかって」

「松義丸はなんと答えたんだ」

「はい。『紅葉の、も』って言ってました。『もてる男の、も』ともね。あいつは、なかなかいい奴だったんです」

　金太は少し遠い目をした。

「又六に彫られていた『ぬ』は、どういう意味だったんだろうな」

「確か……『布引（ぬのびき）の、ぬ』って又六は言っていたような」

「布引、か?」

「ええ。又六が鋳掛師に戻った時に、客が引きも切らずに訪れるようにという思いを籠めて、松義丸は彫ってくれたそうです。彫った当時は破落戸みたいな暮らしをしていたんでしょう」

　布引には「布を張る」の意味もあるが、「大勢の人が引きも切らず続くこと」という意味もある。

「なるほどな。松義丸は江戸に住んでいたのか」

「俺は江戸で彫ってもらいました」

「そうか」

　木暮は金太の背中を、食い入るように眺めた。

木暮たちは金太を捕らえずに帰ったが、その道すがら話し合い、「暫く奴は坪八に見張らせよう」と決めた。

忠吾は、金太の話に衝撃を受けたようで、気落ちしていた。

「ってことは、亀次の背中にも彫り物があるんですよね。あいつがそんなものを背負ってるなんて、知りやせんでした」

「若い頃は荒くれだったって、亀次は自分でも言ってたんだろ。なら若気の至りで、彫っちまったんだろうよ」

木暮が言うと、桂も付け足した。

「岡っ引きの中には凶状持ちもいるから、珍しいことではないのでは」

「まあ、そう考えればそうでしょうが……彫り物はともかく、金につられてついていっちまうってのも、なんだか」

「岡っ引きの風上にも置けねえと？」

「ええ……あっしも岡っ引きの端くれとして、生意気にもそんなふうに思っちまって」

ばら緒の雪駄で地面を踏み締めながら、木暮は訊ねた。

「なあ、桂、忠吾。お前たちは、金太の話をどこまで信じるか？」

二人はふと足を止めた。木暮が止まり、二人を振り返る。

「俺は、奴はすべて正直に語ったとは思わねえんだ。正直なところもあれば、嘘もまだあると思う。十両もらって刺青を見せたってのは、眉唾だ。刺青を見せていたこと自体は本当だろうが、恐らく……見せなければならないような、後ろ暗い秘密が、六人にはあったからだと思う」

「そ、その後ろ暗いことをネタに、脅されていたってことですかい？」

「うむ。刺青を見せたことでいくらかの謝礼はもらったかもしれんが、もっと少ないだろう。金太が渋々『一軒家で刺青を見せていた』と白状したのは、俺たちに彫り物があることを摑まれちまったからだよ。そうでなければ、あんな迫力のモンモンをそう易々と見せるもんか。堅気の暮らしに戻った者なら、特にな」

「言われてみれば、確かに」と桂が頷く。

「とすると、松義丸という彫り師の三回忌という名目で集められ、舟に乗っている時に、その後ろ暗い秘密を突かれて脅され、従わなければならなくなっちまったという訳ですかい？」

「うむ。そういうことかもしれんな。もしくは、だ。舟で連れ去られたというのが端から嘘で、初めから力添えするために集まって舟に乗ったとも考えられる」

「では皆、端から刺青を見せるのを承知で？」

「そうだ。もしそうなら、六人が初めて会ったというのも嘘だろう。仲間とまではいかないまでも、知り合いだったかもしれねえ。文が送られてきたというのも眉唾だ。いや、送られてきたのかもしれねえが、書いてある内容や、差出人ってのは嘘臭せえな。だいたいが、いい歳した男と女が、知りもしない者から文をもらって、それを鵜呑みにしてのこのこ出掛けるかってんだ」

「では文を受け取っていたとしたら、差出人は、彼らの後ろ暗い秘密を知る者ということでしょうか」

「そうだ。文は松義丸の三回忌の案内から始まり、それから銘々が背負っている彫り物について話が及び、後ろ暗い秘密を仄めかしつつ、それを周りに知られたくなければ力添えを願いたい、と結ばれていたんじゃねえか？」

「なるほど……。連れ去られたのではなく、皆、承知で舟に乗ったのですね」

「うむ。だが、金太が言ったように、彫り物の謎が解けず、時間が掛かってしまった。足止めをくらい、戻ってくるのが遅くなり、騒ぎとなった。それで皆で示し合わせて、判で押したような嘘の証言をした。後ろ暗いことを、皆、どうしても隠しておきたかったがゆえにな」

「その後ろ暗いことって、なんでしょう」

「それはまだ俺にもはっきり分からん。だが、あんな彫り物を背負っているのだから、それぞれ知られたくない来し方があると想像は出来る。又六を含めてあの六人、もっと深く探ってみる必要があるな。と同時に、松義丸という彫り師を調べなければならん。俺たちもやるが、忠吾も頼むぞ」

「はい！　頑張りやす！」と忠吾は意気込む。

「松義丸を洗えば、六名を匿っていた者たちの正体が分かるかもしれませんね。しかし、奴らは刺青から何を探ろうとしていたのでしょう。『食べ物を合わせて考えてみろ』などと話していたようですが」

木暮は「うむ」と眉根を寄せ、再び声を潜めた。

「刺青に秘められた謎ってのは、隠してある宝の在処じゃねえかな。六人が刺青を見せた相手は、もしや盗賊かもしれねえ。皆に十両ずつ渡したというのが本当だとして、宝を探し当てられれば安いもんだろう」

桂と忠吾は目を見開く。

「そっ、そうかもしれません！　そっ、それなら辻褄が合います」

「そうだろ？　あの六人は、その盗賊たちに弱みを握られていて、言うことをきいちまったんだ」

「どうして盗賊たちは弱みを知ったんでしょう」

「もしかしたら松義丸とやらに彫ってもらっている時に、皆つい油断して色々なことを喋ったのかもしれねえ。あくまでも想像だが……あの水茶屋の女将なら、『女掏摸（すり）として腕を鳴らしてるの』とかさ。そんなふうに、松義丸は客から聞いた秘密を溜（た）め込んでいて、それを盗賊に流していたってのもあり得るんじゃねえかな」

「ああ、それはあり得やすね！」

「松義丸を仲介として、盗賊と六名は繋がっていたってことですね。ところで盗賊と松義丸は、どういった関係だったのでしょう」

「うむ。まだよく分からんが、彫り師という仕事柄、そういう輩と知り合うことはあったんだろうな」

「なるほど、少しずつ摑めてきましたが、木暮さん、先ほど金太に、又六を殺めたのはそいつらではない、と言い切ってましたよね。それはどのような御見解で？」

「うむ。そいつらは盗賊といっても、凶悪ではないように思われる。易々と殺しをするようには思えねえ。だって、そうだろ？　六名を脅して一軒家に暫く閉じ込めても、無傷のままちゃんと帰してやったんだ。三食昼寝付きだったっていうしよ。もし凶悪な奴らなら、刺青を写したら、その場ですぐに殺っちまってただろうよ。林の中の一軒家ってのが本当なら、埋める場所なんてその近くにいくらでもあるだろうしよ」

「そうですね。考えようによっては、親切な悪党かもしれません。同じ盗賊といっても、金強奪事件の連中とも、また違うような気がします」

「そうなんだ。なんだか妙に親切な感じがするんだな。だから、あの又六の惨い死に様と、結びつかねえんだよ。あれは、また別の奴の仕業だ」

「まさかほかの五人のうちの誰かじゃ……」

忠吾が顔を強張らせる。木暮は顎をさすった。

「忠吾、色々と頼んじまって悪いが、あの浪人者の岩谷にも気をつけておいてくれ。それと、又六はかつて悪党どもと揉め事を起こしたことがあったというから、その線も探ってみてくれな」

「かしこまりやした！」

密かに〝ほの字〟の木暮に頼りにされ、忠吾は嬉しそうだ。桂が訊ねた。

「六名を脅したのが盗賊として、どうやって目星をつけましょうか。金太に頼んで、万屋金兵衛の名を騙った男の、人相書を作りましょうか。それを瓦版に載せれば、心当たりのある人から何か寄せられるかもしれません」

木暮は少し考え、答えた。

「いや、瓦版に載せたりして騒ぎになると逃げられちまうだろうから、やめておこう。思うに、奴らは刺青を写し取ったものの、まだ謎を解けずにいるんじゃなかろうか。それならば、俺たちが先に謎を解いてしまえばいいんじゃねえかな？先回りして、宝の隠し場所を探り当てちまうんだよ。そして没収する、と。その後、そこで暫く張っていれば、どうにかして必死で謎を解いた盗賊たちが遅れてやってくるだろう。その時に捕らえちまえばいいって訳だ」

「なるほど……それは素晴らしい！　大捕物になりますね」

「宝探しとか、盗賊を捕らえるなんて、わくわくしますぜ」

桂と忠吾は興奮気味だ。

「よし、六人の刺青に秘められた謎を解こうぜ！　又六の遺体のそれは、絵師の戸浦義純に頼んで描いてもらっているところだ。戸浦は腕のよい絵師だからほかの五人のそれを写すにも、それほど時間は掛からんだろう」

「一人一人を訪れて、無理やりにでも彫り物を見せてもらいましょう」

「ごたごた言いやしたら、あっしが力ずくでねじ伏せてやりやすわ！」

男三人、額に浮かぶ汗を腕で拭い、笑いながら足を速めた。


殺しが起きたので、木暮は再び探索を命じられた。

大捕物の予感がし、木暮たちはその夜〈はないちもんめ〉を訪れ景気づけに一杯やった。

「旦那方、お疲れさまです。たっぷり召し上がって、精力つけてくださいね」

お市が運んできたのは〝う巻き卵〟。蒲焼(かばや)きにした鰻を適度な大きさに切り、それを包むように焼き上げた、出汁巻き卵である。鰻と卵が溶け合った香りに、木暮、桂、忠吾、坪八は唾を呑む。

「酒が進みそうだな……いただくとするか」

男たちは早速、箸を伸ばす。頬張り、嚙み締め、相好を崩す。

「ふわふわの卵焼きの中に鰻が入っているなんざ、憎いじゃねえか」

「鰻ってのはどうやって食べてもいいものですね」と桂は感嘆する。

「卵の甘さと蒲焼きの濃厚な味付けが合わさって、無茶苦茶旨いでんがな。コクがありますのに京風で上品やさかい、どんどんいけますぅ。さすがは目九蔵さんや」

坪八は驚くほどの出っ歯で、ちゅうちゅうと食む。忠吾は言葉も忘れてぺろりと平らげ、すぐにお代わりを頼んだ。その隣で坪八は目を瞬かせる。

「親分は本当によく食べますさかい、会う度に大きくなってる気がしますわ」

「けっ。会う度にてめえが小さくなってるように感じるのは、あっしがデカくなってるからって訳か」

忠吾はぐい呑みで酒をあおり、胸元をはだける。まさに羆のように毛むくじゃらだ。

「いいじゃねえか。忠吾はまだ育ち盛りってことよ。女将、お代わり四人前頼む」

木暮に言われ、お市は「はい、ただいま」と空になった皿を持って板場へと下がる。木暮は皆の盃に酒を注いだ。

「明日からまた忙しくなるが、よろしく頼むぜ」

「こちらこそ」と皆恐縮しつつも嬉しそうだ。

土用に入り、鰻目当てのお客が押し掛け、〈はないちもんめ〉は賑わっている。戸が開き、入ってきたのは、玄之助と八重だ。

「あら、いらっしゃいませ！」とお紋が大きな声で出迎える。精悍な玄之助と楚々として美しい八重は、口うるさいお紋からも好ましく思われていた。

お紋は二人を座敷へ上がらせ、お通しと酒を運ぶ。木暮たちと目が合うと、玄之助と八重は丁寧に会釈をした。

「いや、お二人とも本当に仲がよろしいですな！」と木暮が大きな声を出す。どうも木暮は、玄之助と八重のような清らかな男女を見ると、ちょっかいを出したくて堪らなくなるようだ。そして毎度、お紋やお市に「慎みなさい」と叱られるのだった。

お紋は玄之助と八重に「あんな酔っ払い相手にしなくていいですからね」と小声で言いながら、〝鰻と胡瓜と若布の酢和え〟を出し、酌をする。生姜の千切りも載った涼しげな料理に、八重は目を瞬かせた。

「まあ、さっぱりしていて美味しそう」

「召し上がってみてくださいな。鰻とお酢って、合うんですよ」とお紋はにっこりする。

二人は「では早速」と小鉢を持ち、箸を動かす。鰻と胡瓜と若布、生姜の千切りを少しずつ纏めて、一度に頰張る。お酢を介して四つの食材は巧みに混ざり合い、爽やかな美味しさが口いっぱいに広がって、二人は目を細めた。

「なんて贅沢な味なのでしょう……。小さく切った蒲焼きのコクと、胡瓜と若布と生姜のみずみずしさが合わさって。どうしましょう、私この味大好きです」

「鰻と酢というのが、これほど合うとは。それがしは鰻が苦手という訳ではないが、脂が乗り過ぎている上に蒲焼きで出されると、諄くて胸焼けすることがある。でも、この料理ならば、蒲焼きであってもまったく諄くない。脂っこさが抑えられるので、酒にも合う」

二人は笑顔で小鉢を突き、酒を啜る。そんな二人を眺め、木暮たちはひそひそと冷やかしていた。

「こんな暑い時に、よくあんなに惚気られるな」

「別に惚気ているようではありませんが」

「あの二人だけちょいと浮いてやすよね。上品って言っちゃあそうですが、面白みに欠けるかと」

「あんな別嬪はんなら、もっといい男がおまっせ。わてのような！」

なんのことはない。むさ苦しい男四人で、仲睦まじい玄之助と八重に妬(や)いているのだ。清々しい二人を眺めていてもただ癪なだけなので、木暮は店をぐるりと見回した。

「繁盛してんなあ」

「いいことではないですか」

「うむ。お花もあっちの席でちゃんと客をもてなしてる。真面目に仕事してんじゃねえか。……おや？」

木暮は目を凝らした。少し離れた席でお花がもてなしている客というのが、ぞくっとするような美女だったからだ。うりざね顔で柳腰(やなぎごし)、切れ長の目に紅(あか)い唇、艶やかな髪は烏(からす)の濡れ羽色。歳の頃二十四、五のその婀娜っぽい美女は、膝の上に黒猫を乗せ、その背を撫でながら料理と酒を楽しんでいた。

その美女とは、誰あろう、お滝だった。

あれからお花は思い切ってお滝に接近し、今や互いを「お花」「姐さん」と呼び合う仲になっていた。お花はお滝に憧れ、敬(うやま)い慕(した)っている。母や祖母の言うことなどはろくすっぽ聞かないが、お滝の言うことはなんでも素直に聞くというほどに。

そのお滝が店に来てくれたので、お花は嬉しくて仕方がなく、満面に笑みを浮かべてもてなしていた。黒猫を膝に乗せて酒を啜るお滝は、男だけでなく女も魅了してしまうほど、粋である。

お滝の酒のお供の料理は〝茄子の揚げだし〟。素揚げした茄子に、昆布出汁、淡口醤油、味醂を合わせて作った京風の汁をかけたものだ。淡口醤油を使っているので、素材本来の色や味が失われることはない。油を吸って一段と艶やかな茄子を頬張るお滝は、なんとも悩ましい。

その姿に、木暮の目も惹きつけられてしまった。

「へえ、いい女だねえ。お花の知り合いか？　なんだか親しげじゃねえか」

「妖艶ですが、毒をも感じる女人ですね」

「ああいう女は危ないですぜ、旦那」

「そうそう。黒猫が似合う女なんて、悪い女に決まってますがな。綺麗な顔して、夜毎爪研いでるんちゃいますぅ？　あんなのに摑まったら、おケツの毛まで抜かれちまいますがな」

「だいたい、この店って猫連れて入っていいんですかい？」

と、数名寄れば口うるさいのは、女だけではなく男も同じ。

男たちの熱い眼差(まなざ)しに気づいたのか、お滝が木暮たちのほうを流し目で見た。どきっとして顔を強張らせた木暮に、お滝は妖しい笑みを浮かべて軽く会釈をする。すると木暮の顔はたちまち緩み、目尻も鼻の下もだらんと垂れる。にやけながら木暮が会釈を返したところで、〝う巻き卵〟のお代わりの皿が目の前に差し出された。

「お待たせいたしました。あら旦那、何に見惚れていらっしゃったの？　こんなに暑いとすぐに枯れてしまうので、花はどこにも飾っていないはずだけれど……。それとも、どこかに妖しく美しい花が咲いているのが、お目に留まったのかしら」

お市は微笑んではいるが、その目は笑っていない。木暮のことをいつも巧みに躱しているお市だが、ほかの女に目移りされるのは、やはり気分がよいものではないようだ。それも自分より若くて魅力のある女なら、尚更(なおさら)だろう。

木暮は咳払(せきばら)いを一つして、背筋を正した。

「何を言っておる！　この店で花と言えば……お花だろう！　あのお転婆娘だったお花がよ、婆さんと母ちゃんを手伝って、けなげに客をもてなすようになってよ。俺は感慨深く眺めていたって訳だ、その微笑ましいお花の姿をよ！」

お市は木暮に酌をしつつ、再び微笑んだ。

「娘を慮(おもんぱか)ってくださって、ありがとうございます。でもお花は、まだ見習いの身。花といえども、蕾(つぼみ)の段階ですわ。私が心配しているのは……黒い薊(あざみ)の如き花。旦那、お気をつけあそばせ。綺麗な花には棘(とげ)があるものですわ」

木暮の耳元でそう囁(ささや)くと、お市は豊かなお尻を振りながら、ほかのお客のほうへいってしまった。不貞腐れる木暮を横目に、桂以下はひたすら〝う巻き卵〟に舌鼓を打つ。

そこへ、お客を送り出したお紋が寄ってきた。

「あら旦那、お市に振られちまったようだね。美人に目がなくて、目移りしてるからだよ、このすっとこどっこいが」

「誰がすっとこどっこいだってんだ！　おかちめんこに言われたくねえぜ！」

「何を仰る、ちりめんちんこ」

「どうしてこの店のずっこけ女たちはこうもお下劣なんだっ！」

いきり立つ木暮を、桂は見かねて宥めた。

「まあ、ヤキモチを妬いてくれるのなら、よいではないですか。木暮さんにまったく気がないという訳ではないということですから」

　すると単純な木暮はたちまち機嫌が直る。

「そ、そうだよな！　なんだ、女将は実は俺に気があるんだな。それならそうと、はっきり言ってくれればいいのによ。おう、鰻と卵を食って精力つけとかないとな」

　頬を赤らめてにやけながら、木暮は〝う巻き卵〟にかぶりつく。お紋はしれっと言った。

「その精力、事件解決に役立ててよお。舟で連れ去られた六人のうちの一人が、殺されちまったんだろ？」

　いい気分のところを現実に引き戻され、木暮は少し噎せた。

「おいおい、地獄耳だな。もう噂が広まってんのか」

「背中に見事なモンモンがあったとか、なかったとか」

「そこまで知ってんのか！　伊達に八丁堀の面々の溜まり場になってねえな、この店は」

「それであったのかい、本当に？」

　お紋はどうやら興味津々のようだ。

「おう、あったぜ。鋳掛師ってのによ。大蛇と藤の花が絡み合った、見事なもん

「へえ、凄いねえ。鋳掛師になる前は、破落戸かなんかだったのかね」

「うむ、やはりそうかもなあ。その時、悪い仲間と付き合っていたとかな」

お紋にせがまれ、木暮たちは探ったことをおおまかに話した。お紋は黙って聞き、訊ねた。

「じゃあ、例の六人は、本当に見ず知らずの者たちだったか、実は何かで繋がっていた知り合いだったのか、まだはっきり摑めてないんだね？　刺青は、同じ彫り師に入れてもらったっていっても」

「うむ、今のところはな。でも必ず探り出してやるぜ！」

木暮たちは、事件のことはなるべく声を潜めて話しているが、昂るとつい力が入ってしまう。お花はお滝に酌をしつつ、謝った。

「うるさくてごめんなさい、姐さん」

「いいじゃない、賑やかなほうが。こんなに繁盛してるなんて凄いわよ」

お滝は黒猫を撫でながら、婀娜っぽく笑う。しかしお花は見逃してはいなかった。木暮たちの話が漏れ聞こえてきて、お滝の顔色が微かに変わったことを。そして黒猫を撫でる手が、一瞬止まったことを。

二

木暮は、破落戸連中に顔が利く忠吾と坪八に命じ、松義丸の素姓を探らせた。そして自身は桂と組んで盗賊たちの調べを続けた。船宿〈すみ屋〉の女将に頼んで偽の金兵衛の人相書を作り、奉行所の者たちに見せて心当たりがないか訊ねたのだが、誰も覚えはないようだった。手懸かりが人相書だけでは、なかなか突き止められそうにない。

木暮は桂と一緒に、舟に乗った残りの四名のところへと赴き、力ずくでも背中の彫り物を見せてもらうことにした。それを写し取ってもらうため、懇意の絵師である戸浦義純も連れていく。

木暮たちは、まず岡っ引きの亀次夫婦のもとを訪れ、刺青を見せるように頼んだ。初めは躊躇い、拒絶した夫婦だったが、又六が殺されたと聞くと、たちまち青褪めた。

「金太が白状したんだ。一軒家で彫り物を見せていたとな。大人しく見せねえ」

木暮が迫ると腹を括り、女房とともに観念してもろ肌を脱いだ。

「こうなったら仕方がありませんや。若気の至りの誇りか恥か、すべてお見せしますぜ」

その姿は潔かった。

木暮は背中の彫り物に目を瞠りながら、率直に訊ねた。

「これほどのモンを惜しげもなく見せ続けたからには、後ろ暗い秘密を摑まれ、脅されていたんじゃねえか」

しかし亀次と女房のお早は、苦笑いで首を横に振った。

「ただ謝礼がほしかっただけなんです。店だって決して儲かってるとは言えませんしね」と正直に答え、「嘘をついて申し訳ありませんでした」と土下座で謝った。

亀次とお早は親との折り合いが悪く、ともにグレていた頃に知り合い、駆け落ちしたという。刺青はやさぐれていた時、周りで流行っていたこともあり、勢いで入れてしまったようだった。

「どこで刺青を入れたんだ」

「江戸で」

「どこで松義丸のことを知った」

「松義丸は彫り師の世界では名の知れた者でしたから。彫り物に興味があれば、自然と彼の評判は耳にしましたよ」

「松義丸と繋がっていた盗賊の噂などは聞かなかったか。そのような者たちを見かけたことはなかったか」

　すると亀次は目を見開いた。

「盗賊ですか……。穏やかではありませんね。刺青を入れてもらっただけですから、松義丸の個人的な付き合いなどは分かりませんでした。もし松義丸が盗賊と繋がっていたとしても、そんなことを易々と口にする訳はありませんでしょう。まあ、仕事柄、そのような人たちと知り合いでもおかしくはありませんよね」

「ふむ。なるほどな。ところで、この刺青の平仮名について、松義丸はなんと言っていたか」

「連莫(れんばく)の『れ』と言っておりました」

　と亀次は答えた。連莫とは、莫連(ばくれん)の倒語だ。

「その頃は莫連のおいらでしたが、松義丸はそんなおいらがいつか逆さまの真人間になることを期待して彫ってくれたんです。おいらが今、どうにか岡っ引きとしてやっていけてるのも、松義丸のそんな心遣いのおかげなのかもしれません。強面で口数は少なかったけれど、優しい人だってのは分かりました」

一方、女房のお早はこう答えた。

「『お早の、は』と言ってましたよ」と。

次に訪ねた水茶屋の女将のお袖も、事情は亀次夫婦と似たり寄ったりだった。

「謝礼に目が眩んだんですよ。後ろ暗い秘密などありませんが、強いていえば、この彫り物そのものが、私にとっては後ろ暗い秘密かもしれません」

「どうして彫ったんだ」

「ただの若気の至りですよ。その頃付き合っていた男が飛脚でね。倶利伽羅紋紋を背負っていて、影響されて真似しちまったって訳です」

お袖は悩ましげに笑んだ。

「ところで、彫られた平仮名の意味は聞いているか」

「『梅の、う』と言ってましたよ。私の刺青の柄は、観音菩薩と梅ですからね」

最後に訪ねた浪人者の岩谷権内は、バツが悪そうに答えた。

「奴らに刺青を見せたのは、ただ謝礼がほしかったからだ。正直、暮らしが楽ではないのでな。それがしにとって後ろ暗い来し方があるとすれば、藩から逐電したことだろう」

「なにゆえに逐電したのだ」

「知人の妻女と姦通し、知人が女敵討ちの鬼と化したのでな」

「追ってはこぬのか？」

「それがしをまだ追い掛けているかもしれぬが、姿は見せぬな。……もしや、奴はもう死んでいるかもしれぬ」

岩谷のいかつい顔に、微かな笑みが浮かんだように見えた。

「刺青はどうして彫ったんだ」

「己の来し方に別れを告げ、新しい己になるためだ。人生に区切りをつけようと思ったのだ」

岩谷は素っ気なく答えた。彫られた平仮名の意味を問うても、言葉は少ない。

「『剣の、け』と言っておった」

結局、四人とも、刺青を入れるのにそれほど深い理由があったわけではないようだった。事実、文化の頃に刺青の流行は最盛を極め、鳶や火消し、飛脚などの肌を露出する仕事の者たちは、刺青をしていないほうがむしろ恥とも思われていた。それらの職以外にも、刺青を入れることに抵抗がない者がいたであろうことは察せられた。

六人の背中一面に彫られた刺青の図柄と、それに巧みに絡み合った平仮名の文字には、なかなか繋がりが見出せなかった。

殺された鋳掛屋の又六は、「大蛇と藤」と「ぬ」。

植木屋の金太は、「龍と紅葉」と「も」。

岡っ引きの亀次は、「虎と菊」と「れ」。

その女房のお早は、「天女と桜」と「は」。

浪人者の岩谷は、「梵天と黒い山」と「け」。

水茶屋の女将のお袖は、「観音菩薩と梅」と「う」。

それぞれ見事な刺青であり、彫り師だった松義丸の腕が窺えた。

木暮は絵心がある訳ではないが、それでも彼らの刺青を目にして思ったものだ。

——松義丸という者が、並々ならぬ情熱を注いで彫ったことが伝わってくるな。きっと、彫り物を心から愛していたのだろう——と。

刺青は、いずれも今にも動き出しそうなほどに生き生きと鮮やかだった。そこに、松義丸の命が吹き込まれているかのように。

刺青に心を揺さぶられた木暮だったが、肝心の謎はいっこうに解けない。

「これらの図柄と食べ物を合わせて考えてみろって、どういうこった」

木暮は首を傾げる。

平仮名一字が彫ってあるというのが、やはりとても気に懸かった。平仮名に籠められている意味が、そう単純なものではないような気がしてならなかったのだ。

食べ物と合わせて考える——その謎を解くため、木暮は刺青を写し取った絵を持って、〈はないちもんめ〉に相談しにいった。夜、桂と一緒に店が閉まる少し前に訪れると、お市は「あまりもので悪いけれど」と〝鰻のちらし寿司〟と酒を出してくれた。

〝鰻のちらし寿司〟とは、酢飯に、適度な大きさに切った蒲焼き、小口切りにした胡瓜、錦糸卵、千切りにした茗荷と大葉を混ぜ合わせたものだ。

「これまた彩り豊かで、涼しげな一品じゃねえか。ありがたくいただくぜ」

「店も終いという刻に押し掛けましたのに……恐縮です」

二人は皿に向かって手を合わせ、食べ始める。一口頬張り、木暮と桂は相好を崩した。

「いいねえ。酢飯に、白胡麻と実山椒も混ぜてるだろう？　なんかこう、味に気品を感じるぜ。掻っ込むというより、一口、一口、大切に味わいたい料理だ」

「まさにそうですね。今までに食べたちらし寿司の中で、私はこれが一番気に入りました。甘さを抑えてあるからよいのでしょうか」

「癖になりそうな旨さだ。鰻と胡瓜と酢って、本当に相性がいいんだな。驚きだわ」

箸が止まらぬ二人を眺めながら、はないちもんめたちは笑みを浮かべる。料理を褒めてもらえると、やはり嬉しいことこの上ないのだ。お紋が言った。

「皆、帰っちゃって、お客は旦那たちだけだから、ゆっくりしてってよ」

「悪いなあ、いつも。ほら、お前らも呑んでくれ。酒と盃持ってこいや。あまりもんがほかにもあったら、それも持ってきてくれ」

「ありがとうございます、旦那。では遠慮せず」

お花は嬉々として板場へと向かう。お紋とお市は、木暮に丁寧に礼を述べた。行灯の柔らかな明かりの中、五人は〝鰻の白焼き〟と〝奈良漬〟を摘み、酒を呑みながら、話し合う。だが、木暮に絵を見せられても、はないちもんめたちにはその意味がさっぱり分からなかった。

「なになに、〝大蛇と藤〟〝龍と紅葉〟〝虎と菊〟〝天女と桜〟〝梵天と黒い山〟〝観音菩薩と梅〟？　この図柄と、食べ物を合わせて考えるってのかい？　さくら、もみじ、とくるなら〝獣肉〟かね。さくらは馬肉、もみじは鹿肉だ」とお紋。

「でも、菊って呼ばれる獣肉ってないわよね。梅、藤、も」とお市。

「禿山のような黒い山ってのも、何を意味してんだろう」とお花。

さっぱり分からず、頭を抱えてしまう。木暮も女たちと一緒に首を捻った。

「そうなんだよ、黒い山ってのがなあ。これだけ花じゃないのは、どういうことなんだろうな」

「これら四季折々の花をよく見渡せる場所が、その黒い山ってことかしら？　そこに宝が隠されているとか？」

お市がおずおずと言うと、桂は膝を叩いた。

「ああ、それはあるかもしれません。この黒い山はあまり高くはありませんから、江戸に近いところだと高尾山などが考えられますね」

「うむ、いい線いってるかもしれねえが、そうすると食べ物ってのは、どう関わってくるんだ？」

「確かに……」と桂は腕を組む。

「彫られた平仮名が、〝ぬ〟〝も〟〝れ〟〝は〟〝け〟〝う〟。これらは、何かの暗号になってるのかね」

「あたいも、平仮名がなんだか気になる」

「『梅の、う』とか『剣の、け』とか、皆尤もらしいことを言っていたが、平仮名にはもっと深い意味が籠められていると俺も思う。でなきゃ、わざわざ彫ったりしねえよな」

「たぶん、当の六人も本当の意味を知らないんじゃないの？　平仮名に宝探しの鍵が隠されているなら、そんな重要なこと、松義丸って人が易々と喋る訳ないだろ。あ、そうか。松義丸でさえ知らなかったのかもしれないね。盗賊の御頭に命ぜられて、六人には取って付けたような嘘の意味を伝えていたのかも」

「大女将、冴えてるじゃねえか。結局、刺青の図柄を考えたのは御頭ってことだな。それを見事に彫ったのが松義丸か」

「その二人ってずいぶん親密だったんだね」

「うむ。御頭に信頼されていたんだろうな、松義丸は」

皆で侃々諤々(かんかんがくがく)やっていると、戸が開き、お蘭が旦那の笹野屋宗左衛門(ささのやそうざえもん)とともに入ってきた。

「ごめんなさい。今日はもうお終い？」

お蘭が大きな声を出すと、板場から目九蔵が出てきて、お紋のほうを窺った。お紋が目配せすると、目九蔵は二人に答えた。

「大丈夫です。お上がりになってください。でも、もう酒とあまりものぐらいしか出せませんが」

「それでじゅうぶんよ！　旦那様もわちきも、一杯引っ掛けていきたかっただけだから。ねえ、旦那様？」

「そうとも、そうとも。少し呑んで、少し摘んだらおとなしく帰るので、ちょっと寄らせてもらいますよ」

既に酔っているようで、お蘭と宗左衛門は上機嫌だ。お蘭もこの店の常連で、妖艶さと愛らしさを併せ持つ、二十九歳の美女。深川遊女だったところを宗左衛門に身受けされ、今は女中つきの妾暮らしを満喫している。

宗左衛門は日本橋の呉服問屋の大旦那で、鶴と亀が描かれた扇子を手に町を闊歩する、派手好み。遣り手の宗左衛門だがお蘭には骨抜きにされてしまっているようで、その熱々ぶりは、時として見ている者を気恥ずかしくさせるほどだった。

二人に挨拶をしようとお市が立ち上がろうとすると、お蘭は「いいの、いいの」と手を振った。

「女将さん、こっちは気にしないで！　二人で仲良くやってるから。ごめんなさいね。せっかく皆さん和気藹々としているところ、お邪魔しちゃって」

「そんな……。なんだか気を遣わせてしまって、こちらこそ申し訳ありません。たいしたものはお出し出来ませんが、和んでくださいますよう」

「女将さんこそ、お気遣いなく！　こっちはこっちで楽しみますんで！」

宗左衛門とお蘭は寄り添い、「ねえ」と微笑み合う。そんな二人を見やり、木暮は小声でぶつくさ言った。

「なにが『お気遣いなく』だ、あの絶倫助平狒々爺い！　あんなにべたべたしてりゃ、気に懸けちまって当然だろうよ」

「そうだよねえ。大旦那、今にお蘭さんとヤッてるうちに逝(い)っちまうんじゃないかと、心配になるよ」とお紋。

「ヤッたらイクだろ、普通」

「スルってえとナニかい、ってことか」

「あんたも好きだねえ」

木暮とお紋は顔を見合わせ、「くくく」と笑う。二人の遣り取りに、お市、お花、桂が呆れ返っていると、お蘭たちの悩ましい声が聞こえてきた。

「もう旦那様ったらあ、今夜も寝かせてくれないんでしょう?」

「なにを言うんだい。お前が私を寝かせてくれないんだろう」

二人はあまりに熱々なので、お市たちは思わずじっと見てしまう。視線に気づいたのか、お蘭は言い訳をした。

「ああ、変な意味じゃないの！　わちきたち、寝る前によく賽子(さいころ)をするのよ。あ、でも金子を賭けたりなんてことはしないわよ、決して。ただ、丁(ちょう)か半(はん)かで遊んでいるんだけれど、それが旦那様もわちきも好きでね。つい夢中になって朝までなんてこともあるの」

「いやあ、お恥ずかしいですが、こいつの言うとおりです。金子の代わりに別のものを賭けることもあるのですが、それが何かは訊かないでいただきたいな、と」

酒が廻った宗左衛門は、顔を赤らめながら「がはは」と笑う。二人が熱くなればなるほど、木暮たちは白ける。「我々は真面目に謎解きに取り組もう」と、五人は再び刺青の絵と向き合った。

絵をじっくりと眺めていたお紋は、急に「あっ」と叫んだ。

「そうか……賽子で気づいたよ。分かった、この図柄は〝花札〟だ！」

皆の目がお紋に集まる。お紋は絵を指しながら説明を始めた。

「この花の柄だけ見るとね、花札の〝カス〟の柄になっているんだよ。それに観音菩薩だの龍だのを巧みに絡ませて彫ってあるから、なかなか気づかなかったんだ」

「ああ、言われてみれば、そうか」

木暮は食い入るように眺めながら、唸る。桂も「なるほど」と瞬きするのも忘れて見詰める。お市は花札の柄というものを薄（うっす）ら分かっていたが、お花はさすがに知らないようだった。お花がお狭（きゃん）といっても、この時代、花札が庶民の誰もに知れ渡っているとは言い難（がた）かった。幾度か禁止もされているからだ。歳を重ねたお紋だからこそ、知り得たのだろう。お花が訊ねた。

「婆ちゃん、〝カス〟ってのは何なの？」

「花札には、〝松に鶴〟〝梅に鶯〟とか〝青丹〟、〝赤丹〟などと呼ばれる札があるんだよ。札によって得点が決まっていて、〝カス〟と呼ばれるものが一番低いんだ。黒い山に見えた柄は、〝芒のカス〟の札だよ。季節で並べるなら、梅、桜、藤、芒、菊、紅葉、と揃ってる」

「ほかの、松、菖蒲、牡丹、萩、柳、桐、を彫ってる奴はいねえのかな」

「どうだろうね。いるけれど、まだ見つからないのかもしれない」

木暮は顎をさすりながら絵を睨む。

「うむ。確かに、それぞれ花札のカスの図柄だ。悪党ども花札は知っているだろうが、大女将が言ったようにほかの図柄に巧みに絡ませて彫ってあるので、なかなか気づかなかったんだろうな」

「大女将、見事な御推測です」

桂に褒められ、お紋は「やめとくれよ」と照れる。

「私の亭主だった多喜三さんは花札が好きでさ、笹野屋様とお蘭さんじゃないけど、寝る前に〝こいこい〟したりして遊んだもんだよ。それで覚えがあったという訳さ」

お紋が頬を仄かに染めて惚気ると、お蘭が向こうの席から大きな声を掛けた。

「なになに？　大女将って寝る前に旦那様と〝恋〟をしてたのお？　やだあ、助平ねえ！」

酔っ払っているお蘭はそう言って、きゃっきゃとはしゃぐ。宗左衛門は優しく窘めた。

「違うよ。花札の〝こいこい〟をしてたそうだよ」

「〝鯉〟を食べてたの？　板前さんだった旦那様と、寝る前に？　鯉って精力つくのかしらあ。きゃあ、いやらしい！」と訳の分からぬことを口走って、うるさいのなんの。お紋は無視しようと思ったが、一応、礼を言っておいた。

「お蘭さんが賽子の話をしてくれたおかげで、謎解きが一歩前進したよ。ありがとうね」

「あら、そんな、どういたしまして！　わちきたちは賽子振って丁が出ると、わちきが旦那様のお膝の上に乗って、半が出るとね……」

宗左衛門はお蘭の口を塞ぎ、「それ以上は言っちゃ駄目だよ」とにっこり笑う。するとお蘭は「旦那様、意地悪ぅ」と宗左衛門の指を噛み、しがみつく。宗左衛門の顔は真っ赤で、もうデレデレだ。

目も当てられぬ二人に、木暮たちは「あんな阿呆どもは放っておこう」と謎解きを進めていく。お市が言った。

「これらの刺青に共通なのは、花札のカスの図柄ということは分かったけれど、それに食べ物を合わせて考えるって、いったいどういうことなのかしら？　食べ物でカスっていったら、粕漬とか？」

「酒粕を使った料理、ってことかね」とお紋。

「そういや、こないだ酒粕で作った甘酒をここで飲んだな。旨かったぜ」と木暮。

お花は目の前の奈良漬を、指差した。

「この、白瓜の奈良漬も、目九蔵さんが何度も酒粕に漬けて作ってるよ。鰻と奈良漬って合うんだってね」

「ほう、それは知りませんでした。どう合うのでしょう」と桂が訊ねる。

「あたいも詳しくは知らないけど、その食べ合わせって躰にいいんだって。目九蔵さんが言ってた」

「なるほどなあ。しかし、酒粕として、花札とどう合わせて考えるってんだ？

その二つから、どうやって宝の在処を割り出すっていうんだ」

　木暮は苦々しい顔で酒を啜る。

「ねえ、目九蔵さんにも力添えしてもらおうか？　何かよい案を出してくれるかもしれないよ」

　お紋が言うと皆同意したので、お花が呼びにいく。目九蔵は板場を綺麗に片づけていたが、客がまだいるので、帰るに帰れないのだった。

　目九蔵も加わり、刺青の謎を解くことになった。今までの経緯を聞き、目九蔵は意見を述べた。

「月並みですが、〝カス〟から〝カステラ〟って線もありますわな。花札いいますのは確か、禁制の阿蘭陀カルタの代用品として作られたもんちゃうかと。カステラも南蛮菓子を日本独自に変化させたものですから、そこら辺が似てるんちゃいますかな。異国から伝わったものを、少し変えて、日本に留めておくようにしたという点で。どちらも同じ頃に、南蛮から伝わったと思いますし」

　木暮は唸った。

「なるほど、カステラか。花札とカステラには、そういう共通点があるのか。じゃあ、食べ物ってのは、カステラで間違いなさそうだな。目九蔵さん、ちなみに花札と酒粕の共通点って何か思いつくかい？」

目九蔵は腕を組み、首を捻った。

「その二つでしたら……なんでしょうな。酒粕いいますのは日本酒を造る過程で出来るものですから、この国古来のものでしょうし。うーん、花札をする人には酒好きが多いとか？　すみません、それぐらいしかぱっとは思いつきませんわ」

「そうだよねえ。花札と酒粕ってよりは、やはり花札とカステラのほうが、理屈に合ってそうだ。目九蔵さんの説明を聞いて、思ったよ」

お紋は「ありがとね」と目九蔵の肩を優しく叩いた。皆、目九蔵の博識ぶりに、感心するばかりだ。

「俺からも礼を言うぜ。目九蔵さん、あんた本当に色んなことをよく知ってるよなあ。ここの女たちはだいたいが勘働きだが、あんたは知恵が詰まってるもんなあ」

「私たちの勘働きと知恵を頼りに、悪党をただふん縛るってのが旦那の仕事だもんね」

一言よけいなお紋を、木暮は横目でじろりと睨む。お花は目九蔵に酒を注ぎつつ、訊ねた。

「でも、花札とカステラを合わせて考えて、どうやって宝の在処を探すっていうんだろう」

それも尤もで、皆、再び考え込んでしまう。すると向こうの席で、お蘭がまた大きな声を上げた。

「ねえねえ、宝の在処って、南蛮なのかもよ！　そうよ、きっと南蛮に隠されてあるのよ！」

お紋は目を丸くして、負けぬほどの大きな声で聞き返した。

「なんだいお蘭さん、あんたそんなに酔っ払ってるのに、私たちの話ちゃんと聞いてるのかい？　酔ってんだか酔ってないんだか、分かんないね、あんた。いや、私、前から思ってたんだけどさ。阿呆なんだか利口なんだかよく分かんないんだよね、お蘭さんって」

「いや婆ちゃん。阿呆なんだか利口なんだか分かんない人ってのは、阿呆ではないんだよ、きっと」

お蘭が酔ってるのをいいことに、二人はずけずけ言う。お市は顔を顰めて、母と娘を窘めた。

「もう、二人とも失礼じゃないの。お蘭さんがいくらお色気だけの人に見えるからって」

「お前らみんな失礼だよ」

木暮がぼそっと突っ込み、桂も頷く。お蘭はしどけなく笑いながら、大きく抜いた衣紋の襟足をそっと弄った。

「あら、阿呆でも利口でも、どっちでもいいわあ！　わちきはそんなこと、どうでもいいの。だってわちきは『可愛い』って言われるのが一番嬉しいんですもの。それも旦那様に。ねえ」

お蘭は宗左衛門の頬を、白い指で優しく突く。宗左衛門の目尻は垂れ下がり、口元は緩み、締まりがないことこの上ない。

「お前は本当に可愛い女だねえ。もう、こうなったら何度でも言ってあげよう。お前のことを『可愛い』とな」

宗左衛門はお蘭の鼻の頭を突き返す。するとお蘭は「あれま旦那様、嬉しいわあ」と、宗左衛門の頬をまた突く。突き突かれ、幸せそうなことといったら。

「見ちゃいられないねえ。よくもまあ、恥ずかしげもなくあんなにイチャイチャ出来るもんだ」

お紋は鼻白み、木暮は苦笑した。

「まあ、〈笹野屋〉の大旦那があれほど骨抜きにされてるってことは、お花が言うように、お蘭さんは阿呆ではないんだろうよ。……たとえ阿呆に見えてもな」

「そうなのでしょうね。上手ってことよ、お蘭さんは」とお市も微笑んだ。

その横で木暮は、さっきお蘭が口走った『南蛮』というのが、あながち的外れとは思わず、考えを巡らせた。

――もしや宝の在処というのは、密貿易（抜け荷）や禁制のものが関わっている場所なのか。そういや、以前にもそのような事件があった――

木暮はさらに頭を働かせる。

――すると、隠し場所として考えられるのはどこか？　お蘭さん曰くの南蛮というのは、考えられなくもないが、運び込むのが一苦労だし、持ち出すのもたいへんだ。いくらなんでも、そこまで危険なことはする必要がないだろう。ならば、どこだ？　南蛮、抜け荷といえば、まずは長崎だ。だが、長崎といっても広い。抜け荷に絡んでいるとすれば、海の近くだろうが、見当がつかない。もしや、奴らだけが知っている秘密の場所が、長崎のどこかにあるのだろうか――

木暮は大きな溜息をついた。

「しかしよ、宝を隠すのに、ずいぶん手の込んだことをしてくれたじゃねえか。

いったい、なんのためにこんなことをしたんだろうな」

　その答えは、まだ誰も分からない。お紋は刺青の絵を、再び食い入るように見た。

「この六人って、知り合いじゃなかったって言い張ってるんだろ？　でも、それはやはり嘘だよね。思うに……賭博仲間だったんじゃないかな」

　木暮と桂は身を乗り出した。

「六人は、博徒だったって訳か？」

「博徒は刺青を入れたがるって言うわよね。鳶や火消したちと同じく」

　お市が口を挟む。お紋は続けた。

「そう考えると、しっくりこないかい？　刺青に謎を秘めた悪党の御頭ってのは、賭場の元締めのようなこともしていて、その六名はそこに集まる博徒だった。松義丸っていう彫り師は、御頭と親しくて、その賭場の博徒たちの刺青を引き受けていた。それで御頭は、これから刺青を彫ろうとしている者の中から六人を選び、松義丸に頼んだんだ。その六人の背中に、花札の図柄や平仮名を巧みに絡ませて、自分の遺産の在処を解く鍵を、彫り込んでほしいとね」

「そして松義丸は、頼まれたとおり、そう簡単には分からぬほど巧みに、彫ったという訳だな」

「そういうことさ。御頭は亡くなる前に、そのことを遺言として、手下たちに話したんだろうよ。六人の名前もね」

「その六人を見つけて引っ張ってこい、と言い遺した訳か。その六人の刺青に、宝の在処の手懸かりが秘められてるから、謎を解いてみろ、とな。……しかし」

木暮は首を傾げた。

「どうしてあの六人を選んだんだろうな。俺は、それがいま一つ分からねえんだ。別に意味はなかったんだろうか」

お紋は奈良漬をぽりぽり食べながら、意見した。

「私の勘だけどさ……その六人は、賭け事が強かったんじゃないかな」

「ふむ」と木暮も奈良漬に手を伸ばす。

「だってさ、弱い博徒なんてのは、命も短そうだろ？　でも強い博徒だったら、突然ふらりといなくなったって、逞しくどこかで生き延びていそうじゃないか。その躰に宝の在処を秘めたなら、簡単に死なれてしまっては困るだろ？　六名の誰か一人が欠けても、謎は解けにくくなっちまう。だから、当分は生き延びていそうな、強い奴らを選んだんじゃないかね」

お紋の推測に、皆、聞き入っていた。

「それに、強い博徒なら、行方が分からなくなってしまっても、どうにか見つけ出せそうじゃないか。どこかの賭場でその名を轟かせているだろうからね」

「そうか、あらゆる賭場を丹念に当たれば、見つけ出せるか」

「時間は掛かるだろうけれど、本気で探せばね」

「なるほど、奴らは博徒で賭博仲間だったと。大女将の推測、当たってるかもしれねえなあ。奴らが悪党どもに刺青を見せなければならなかった後ろ暗さというのは、賭博に絡んだことなのかもな。来し方だけでなく、今も賭博に嵌まっているとすれば、尚更だ。賭博は罪になる、捕まれば遠島、重くて死罪」

「それゆえ私たち町方が踏み込むことが出来ない武家屋敷や寺社が賭場と化すことが多いのですが、それ以外のところに出入りしているなら、捕縛の危機は感じているでしょうね。そこを突かれたのかもしれません」

「賭博は一度味を占めたら、なかなかやめられないというからなあ。六人とも表向きは堅気として暮らしながら、裏ではいまだにこっそり賭場に通っていたのかもな」

「荒くれだった来し方を隠して、皆、おとなしい顔で生きていたのね。何事もなかったかのように」とお市が溜息をつく。

木暮はお市を見詰め、ふっと笑った。

「人って怖いと思うかい？」

お市は顎に指を当てて考え、答えた。

「どうだろう……怖いと思う気持ち半分、愛しいと思う気持ち半分、かしら」

お紋が口を挟んだ。

「人には誰でもね、隠しておきたいことの一つや二つはあるもんなんだよ。涼しい顔して、でも本当は必死の思いで隠し通している人ってのは、なんだか愛しいやね。……あら、ありがとう」

お紋の盃に、目九蔵が酒を注ぐ。それをきゅっと呑み干し、お紋は息をついた。

木暮は手酌で呑み、苦々しい顔になる。

「その隠しておきたいことを暴いちまう俺たちってのは、傍から見れば無粋なのかもな」

「無粋、大いに結構ではないですか。そうでなければ事件は解決出来ず、町の安全が保たれません」と桂は冷静だ。

刺青そして賭博と話が進む中、お花は口数少なかった。お滝を思い浮かべていたからだ。お花ははっきり見たことはないが、お滝の背中に刺青があるという噂は知っているし、お滝が博徒だったという噂も聞いたことがある。

それにお花は気づいていた。店に来てくれた時、木暮たちがこの事件について話しているのを耳にして、お滝の顔色が変わったことを。

――お滝姐さん、もしや六人のことを知っているのだろうか。まさか、姐さんも仲間だったなんてことはないよね。何かで繫がっていたとしたら……姐さんもいつか危ない目に？　ううん、そんなことはないよ。だって、もし繫がりがあったら、あの時、六人と一緒に姐さんも舟で連れていかれたはずだもの――

お花は考えを巡らせ、気持ちを落ち着かせる。しかし、もやもやとした不安を消し去ることは出来なかった。

お紋が不意に木暮に訊ねた。

「又六って人は誰に殺られたんだろうね。どんな理由だったんだろう。まさかほかの五人の誰かにじゃないよね」

「どうだろうな。俺も初めはそう思ったが、亀次によれば、又六を狙っている悪党どもがいたらしい。そいつらも、賭博に関わっているのだろうか？　……俺は、又六を殺ったのは、舟で連れ去った悪党たちではないような気がするんだ。状況から見て、顔見知りには違いないとは思うが。理由は、又六が貯め込んでいた金品狙いか、賭博の末の揉め事か」

お花も気になったことを訊ねてみた。

「宝を探している悪党たちと、金強奪の悪党たちは、別の者たちだよね」

「恐らくな。宝を探している奴らは、そこまで凶悪ではないように思える。六人を無事に帰しているという点でね。船頭を入れれば七人だ」

「そうだよね。宝を探している連中は、なんとなく間が抜けてる感じだ。だいたいその御頭だった人も、刺青に謎を秘めるなんて、洒落っけというか茶目っけがあるよね。そんな御頭の手下たちなら、それほど凶悪なことはしないよね、というか出来ないよね、きっと」

「うむ。金強奪の奴らは、血腥(ちなまぐせ)えもんなあ」

そう言いながら、木暮はふと又六の殺害現場を思い浮かべた。血腥い。又六の死に様も、まさにそうだった、と。

木暮は絵を睨み、眉根を寄せた。

「少しずつ分かってきたような気がするけどよ、この平仮名だ。この平仮名は、謎を解く鍵として、やはり見逃せねえよな」

「そうなのですよね。いったいなんなのか気になりますが……もう遅いですから、今日はこのぐらいにしましょう」

桂が目配せすると、木暮は頭を下げた。

「こんな刻まで相談の場にさせてもらって、申し訳ない。皆の力添えのおかげで、前進した。心より礼を言う」

続いて桂も「ありがとうございました」と辞儀をする。

「いいよいいよ、そんなにかしこまらなくてさ！　なんだい、いつもは私たちのこと〝ずっこけ三人女〟なんて言ってるくせに、まったく調子がいいんだから。旦那方、いったい何が目的だい？」

お紋は衿を直しながら、木暮と桂を流し目で見る。

「……ははん、そうか。たとえ私の〝躰〟が目的だとしても、そう易々と抱かれたりはしないからね、このお紋さんは！」

お紋に肩をぱーんと叩かれ、木暮は思わず激しく噎せる。その横で桂は氷柱（つらら）のように凍りつき、お市は一度に梅干し三つを頬張ったが如く酸っぱい顔になり、目九蔵は呑んでいた酒を噴き出しそうになり、お花も奈良漬を食べようとして唇を強く嚙んでしまった。

「痛っ、痛えじゃねえかよっ！　おい婆ちゃん、冗談にしたって言っていいことと悪いことがあるって知らねえのかよ？　吃驚するじゃねえか、この野郎！」

「おや、お前こそ知らないね？　私がその昔、男たちから〝抱き締めたくなるような娘〟と言われていたことを」

「知るか、そんなもん！　初めて聞いたわ！」

「じゃあ、耳の穴をかっぽじってよーく聞いて、よーく覚えておくんだよ。私は娘の頃からよく言われたもんだ。お紋さんはいつも湯上がりのような清らかな香りがして、惑わされる。みずみずしいお紋さんはまさに頭からずっぽり浸かったようだ、一番風呂に、とね」

「肥溜めさ」

「なにをっ」

「なんだとっ」

いがみ合う祖母と孫を横目に、木暮と桂は「ではこの辺で」と逃げ腰になる。二人を送ろうとして立ち上がり、お市は目を瞬かせた。

「あら静かだと思えば、お蘭さんったら……」

お蘭は宗左衛門に凭れ掛かり、赤子のようにあどけない顔で、すやすやと寝息を立てていた。

第四話　嘘(うそ)つきな鰻(うなぎ)

一

雲一つない晴れ渡った空の下、鮮やかに咲く百日紅の花を眺めながら、木暮は〈はないちもんめ〉へと急ぐ。岡っ引きの忠吾と待ち合わせているのだ。

この時季は、町中も大いに賑わう。はだけた胸元を団扇で扇ぐ男、薄物の着物を端折った女で溢れている。

虫売りの屋台が通り過ぎ、甘酒売りは「あまい、あまい」、冷水売りは「ひゃっこい、ひゃっこい」と練り歩く。

笑顔で行き交う者たちを見ながら、木暮は思っていた。——平穏ってのはありがてえことだよな——と。

〈はないちもんめ〉には忠吾が先にきて、木暮を待っていた。昼餉の刻、お市は木暮に冷たいお茶と、水で絞った手拭いを渡した。汗っ掻きの木暮は顔や腋の下まで拭い、「生き返るぜ」とほっと息をつく。

「お料理はお薦めのものでいいかしら？」

「ああ、任せるぜ」

「では少々お待ちくださいね」

お市が下がると、木暮は早速、忠吾に訊ねた。

「松義丸について、何か分かったか？」

「はい。江戸で名高い鶏十郎という彫り師にあたってみやしたところ、松義丸のことを知っておりやしたので、話を聞いて参りやした。松義丸は、尾張名古屋を拠点に活動していたようですが、腕のよさには定評があり、上方だけでなく江戸へ出張ることもあったそうです。その筋では名高い彫り師だったようで。鶏十郎も松義丸の腕を高く評価しておりやした。二年前に三十六歳の若さで、肺の病で亡くなりやして、今は弟子だった者が四代目として松義丸を襲名しているそうです。鶏十郎は、その早逝を酷く悼んでおりやした」

「家族はいたのか？」

「独り者だったそうです。たいそういい男だったようですが、松義丸は仕事への情熱が凄まじく、刺青を彫ることにひたすら打ち込んでいたといいやす。それ以外には、興味がなかったのかもしれやせん。仁義に厚く、こと仕事に対しては真面目だったと」

「なるほどな。……やはり、そういう男だったのか。松義丸が彫った刺青を見た時によ、俺は感じたんだ。彫り師の情熱ってやつを。松義丸は己の魂を吹き込みながら、刺青を彫っていたに違えねえってな。お前の話を聞くに、俺が松義丸に対して抱いた心象は間違ってなかったようで、なんだか嬉しいぜ。……でも、松義丸は刺青に魂を吹き込み過ぎて、命を削っちまったのかもしれねえな」

「そうかもしれやせん。松義丸の早逝を惜しむ声は多いといいやす」

しんみりしたところへ、お市が料理を運んできた。

「お待たせしました。〝鱧と梅の饂飩〟です」

出された椀を眺め、木暮と忠吾は唾を呑んだ。片栗粉を塗して湯引きした鱧、梅肉、千切りにした冬瓜、そして茗荷が、冷たい饂飩に載っている。

「いやあ、江戸で鱧が食べられる店ってのはありがたいぜ。江戸前でも鱧は獲れるってのに、料理する腕を持った板前が少ねえんだよな。さすが目九蔵さんは京の出だけあるな」

木暮はまずは鱧のみ頬張り、嚙み締める。

「うん、小骨をまったく感じねえぜ！　この鱧、ふわふわと口の中で蕩けるようじゃねえか」

「では、あっしも。いただきやす」と忠吾も箸をつける。いつもは豪快に搔っ込む忠吾も、鱧は品よく味わいたいようだ。木暮に倣ってまず鱧のみを食し、いかつい顔いっぱいに笑みを浮かべる。

「なんだかこう、味も歯触りもしっとりとして、京の香りを感じますぜ」

「お前、やけに風流なことを言うじゃねえか。顔に似合わずよ」

木暮は吃驚して忠吾を見る。忠吾は妙に長い睫毛を瞬かせ、照れた。

「あっし、京には一度だけいったことがあるんですが、その時に食べた鱧が絶品で。あちらはあんなに鱧の料理が盛んなのに、どうして江戸ではなかなか広まらないんだろうって、ずっと不満だったんです。旦那が仰ったように、鱧が獲れない訳ではないのに。結局、鱧の料理ってのは小骨を切るのが面倒で、江戸の板前たちはそれを嫌がっていると分かり、あっし、むかっ腹を立てやしてね。『料理の玄人たる者、そんなことでいいのか！』と」

「忠吾さんのお気持ち、とてもよく分かります。江戸では鱧以外にも魚がたくさん獲れるから、小骨が多い鱧を料理するのを面倒と思ってしまう人がどうしても多いのよね。京で鱧のお料理が盛んなのは、鱧が強い魚だからでしょう。京は周りに海がないから、多くの魚は運ぶ途中で傷んでしまうらしいけれど、鱧は大丈夫なんですって。だから重宝されて、料理の技術も上がっていったみたいよ」

「なるほど魚が少ない京ではありがたがられても、魚が溢れてる江戸では、わざわざ鱧を使わなくてもと思われるんですね。残念ですぜ、こんなに風流で旨いのに」

「忠吾、そんなに気を落とすな。ここに来れば、鱧だって食えるんだからよ」

「はい。〈はないちもんめ〉は、江戸と京が融け合ったような店ですから」

二人は話しながらも、鱧と梅の饂飩をずるずる啜る。鱧と梅肉の組み合わせが、さっぱりと堪らぬ美味しさなのだ。木暮は唸った。

「忠吾、いいこと言うぜ。上品と下品も融け合っているよな、この店は」

「あら旦那、それはよけいよ」とお市は木暮を軽く睨む。

「いやいや、そこがこの店の魅力なのよ！　だが、女将はやはり上品だぜ。俺が下品って言ってるのは、あの婆……」

と、その時、後ろから手が伸びてきて、木暮の肩を摑んだ。

「うわあっ！」と叫び、椀を落としそうになるも、忠吾が既のところで支える。悪戯な手の持ち主は、お紋だ。「私のこと、呼んだかい？」とぬっと顔を出し、にやりと笑った。

「驚くじゃねえかよ！　よくもまあ、阿呆なことばかり毎日やってられんな」

木暮は憤慨しつつ、残りの饂飩を頰張る。その隣でゆっくり嚙み締めている忠吾を見て、お紋は目を丸くした。

「あれ、忠ちゃん、なんだか今日はやけにお淑やかに食べてんじゃない。酒も吞んでないのに乙女になってんのかい？」

「いえ。鱧を味わいつつ、京を思い出していやした。今度は、好いた人と行きたいなあ、って」

忠吾は目を微かに潤ませ、妙に長い睫毛を瞬かせながら、木暮をそっと見る。木暮は汁を最後の一滴まで飲み干し、心の中で呟いた。

――この店には、安堵と恐怖も融け合っているようだ――と。

食べ終え、お茶のお代わりを飲む頃には、お客はほとんど帰ってしまっていた。静かになった店で、木暮は「ところでよ」と切り出した。

「刺青に組み込まれていた平仮名だが、あの謎、少しは解けたか？　思いついたことはなんでもいいから、話してくれねえか」

「あ、そうなのよ」とお市が手を合わせる。

「板前を交えて考えて、あの平仮名から鱧料理を連想したから、早速お品書きで出したという訳だったの」

「あの平仮名から鱧料理を？　どういうことだ」

お市はお花を呼び、一枚の紙を二階から持ってこさせた。

それを広げ、はないちもんめたちは、木暮と忠吾に説明した。

「彫られていた平仮名は、〃ぬ、も、れ、は、け、う〃でしょう。それを並べ替えてみたのよ。意味が通る文になるように」とお市。

「前の事件でも、文字を並べ替えて答えが出たことがあっただろう？　だから今度もやってみたんだ」とお花。

「するとね、『はもうけれぬ』と並べてみると、『鱧、受けれぬ』と読み取れる。また、『はもぬけうれ』と並べてみると、『鱧、抜け売れ』って読み取れるんだよ」とお紋。

木暮は腕を組んだ。

「なるほど、それで鱧料理を出そうって話になったって訳か。鱧の旬はこの時季だしな」

「ほら、悪党どもは言ってたんだろ。この刺青と料理を合わせて考えろ、とかなんとか。だから、この平仮名も何か料理に関することなのかと思ったんだ。……それとも、平仮名までは料理に関係ないのかね」

お紋は首を傾げる。木暮は「どうなんだろうなあ」と顎をさすった。

「『鱧、抜け売れ』と読むなら、抜け荷が盛んな場所か。でも、鱧の抜け荷なんて聞いたことねえなあ。それとも……鱧料理が盛んな京に隠してあるってことか？」

「ああ、なるほど。『鱧、抜け売れ』が中ってるとすれば、『鱧が飛び抜けて売れる処』ってことで、京を意味するのかもしれやせん」

「忠吾の兄い、冴えてるじゃねえか！」とお花が昂る。

「そうか、京。もっと広い範囲で捉えるなら、上方。松義丸は尾張名古屋を拠点としていたのだから、尾張から上方あたりで活動している盗賊たちを探ってみるか。拠点としているのはその辺り、隠したのもその辺りと目星をつけてな。根気よくやるぞ、忠吾！」

「はい！　必ず探し出しやしょう！」

　威勢のよい二人を、はないちもんめたちも「頑張って！」と励ますのだった。

　木暮たちが帰ると、お紋は目九蔵に声を掛けた。

「鱧の料理も大好評だよ。『京風の江戸料理を食べられる』と言ってうちに来てくれるお客は多いからね。これも目九蔵さんのおかげだ。ありがとね」

「いえ。こちらこそ、いつも我儘言って品書きを決めさせてもらって、ありがとうございます」

「目九蔵さんが考える品書きに間違いはないからさ。これからも美味しいもの、どんどん考えてよ」

お花に微笑まれ、目九蔵は目尻を垂らして嬉しそうだ。お市が口を挟んだ。

「ねえ、ほら、花札のカスの話の時に出たけれど、酒粕。酒粕って躰によいというから、酒粕を使った料理をもっと考えてみない？　そして、美と壮健の〈不老長寿の料理〉の品書きに、是非加えましょうよ」

「酒粕の料理かあ、いいね、加えよう」

「酒粕には、色白になる、お通じがよくなる、骨が強くなる、なんて効果があるらしいね。目九蔵さん、よい料理を作っておくれね。頼んだよ」

目九蔵は「はい」と力強く頷き、こんな案を出した。

「カステラも売り出せば、中るかもしれませんな。持ち帰りが出来るようにして」

はないちもんめたちは顔を見合わせ、笑みを浮かべる。

「それはいいね！　茂平さんにも、うろうろ舟で売ってもらおうか」と、皆、すっかり乗り気だ。

目九蔵は板場へと行き、皿を持って戻ってきた。

「今日の夜に出そう思いまして。〝夏大根の酒粕漬け〟です。味を見てみてください」

「あら、いい匂い」と、はないちもんめたちは早速手を伸ばす。指で摘んで口に運び、ぽりぽりと嚙み締める。

「ほんのり甘くて、みずみずしいわあ」

「これ一切れで御飯一膳いけるよ、私ゃあ」

「目九蔵さんは砂糖をあまり使わないから、素材の自然な甘みが際立つんだよね。だから飽きない美味しさなんだ」

お花は夢中で齧る。お紋とお市も負けじと頰張り、漬物はすぐになくなった。お茶まで出してくれる目九蔵に、お紋は詫びた。

「ごめんなさいね。あんた、茂平さんに渡す弁当も作らなくちゃいけなくて忙しいのに、気を遣わせちゃって。お茶飲んだら、私たちも手伝うからさ」

「一人でやれますから大丈夫ですわ。弁当の品書きはほぼ決まってますし、一日三十個ですからな」

「あら、お弁当三十個って結構たいへんよ。目九蔵さんは手際よく作ってしまうけれど」

「おっ母さん、目九蔵さんは料理の手妻師（手品師）なんだよ！」

〈はないちもんめ〉から笑い声が漏れ、道行く人たちが振り返っていた。

お花は目九蔵に頼んで〝夏大根の酒粕漬け〟を少し分けてもらい、それを丁寧に包んで、こっそり店を抜け出した。あまりに美味だったので、お滝に差し入れしようと思ったのだ。

──『ちょっと行ってくる』なんて断れば、婆ちゃんやおっ母さんに『弁当作りを手伝いなさい』って怒られるからな。無断で出ちまった。なるべく早く帰ってこよう──

お花は、お滝がいる両国の小屋へ急いだ。猪牙舟に乗って大川を渡り、両国橋につけば、すぐだ。暑い日、砂埃が舞う広小路の向こうには、陽炎が揺れている。

小屋の近くまできて、お花は──おや？──と足を止めた。不審な男が、小屋を覗き込んでいたからだ。総髪（そうはつ）の二本差し、忠吾並みに大柄な浪人者だ。目の下に傷のあるその男は、出し物を見たいというより、何かを窺っているようだった。

――あの男、何者だろう――

お花の心にもやもやとしたものが広がっていく。お花がほかの小屋と小屋の間に身を潜めて窺っていると、少しして男は立ち去った。そのいかつい後ろ姿を見送りながら、お花は思い出す。例の六人のうちの一人が、浪人者だったということを。

――まさか、その人の訳ないよね。御浪人なんて、溢れているものね――

憧れのお滝が、その六人と繋がりがあるなど、お花は考えたくない。もし繋がっていたとしたら、今度はお滝が何かの事件に巻き込まれてしまうかもしれないからだ。

――大丈夫。お滝姐さんに限って、そんなことはない。姐さん、しっかりしてるから――

お花はそう思い直し、小屋の陰から広小路へと踏み出した。婀娜っぽいお滝のことだ、今まで幾度も修羅場をくぐってきただろうことは、お花だって分かっている。そしてお花は、お滝のそのような強さが好きなのだ。

――万が一、何かが起きても、姐さんならきっと無事に潜り抜けてくれるだろう。しなやかに、強靱に――

そう信じると、お花の顔に笑みが戻った。お花は包みを大切に抱え、お滝がいる小屋へと入っていった。


金強奪事件のほうはなかなか進展が見られず、奉行所内には諦めが生じ始めているようだった。木暮と桂は宝探し事件のほうへと回されていたが、彼らは金強奪事件の探索を兼ねて、盗賊について詳しく調べていた。

「最近、御頭が亡くなった、上方から尾張のほうを拠点としている悪党ども」と踏んで、目星をつけていく。しかし、そのような盗賊団は、なかなか探り出せなかった。

木暮と桂は仕事帰り、疲れた顔で〈はないちもんめ〉を訪れた。

「いらっしゃいませ」

お市に酌をされ、木暮の表情はようやく緩む。

「やっぱり癒やされるなあ、女将の顔を見るとよ」

「私も旦那方のお顔を拝見すると、元気が出てくるわ。力を与えてくださって、いつもありがとうございます」

紺青色(こんじょう)の縞の着物を纏ったお市は、桔梗(ききょう)の花の如く艶(あで)やかで、匂い立つようだ。

「そんな……礼を言わなきゃいけないのは、こっちのほうだ」

「こちらの料理にいつも励ましてもらっています。もちろん、皆さんにも」

照れる二人に、お花が料理を運んできた。

「どうぞ。力がまたまた湧き出ると思うよ」

「おや、鰻の蒲焼きかい」

「脂が乗っておりますね」

二人を眺めつつ、お花はくすっと笑った。

「こんなに疲れている時に脂っこいものはちょっと……って顔だね、二人とも。そんな心配いらないさ。この料理を食べても、胃ノ腑はもたれたりしないと思うよ。是非、召し上がってみて」

お花に促され、木暮と桂は箸を持ち、小さな溜息をつく。小さく切って一口頬張り、蒲焼きを見詰める。また一口食べて、またじっと見る。

「こりゃ鰻じゃねえだろ。味は確かに鰻の蒲焼きだが、食感がまったく違う。あっさりして、ふわふわだ」

「なるほど、これなら胃ノ腑にもたれたりしませんね、確かに。この粘りけは……山芋(やまいも)を擂(す)って、饂飩粉か何かと混ぜているのでしょうか」

「御明察ですわ。でも饂飩粉ではなくて、お豆腐なんです。擂った山芋とお豆腐を混ぜ合わせて作った、〝鰻もどき〟。偽鰻なんですよ」

木暮と桂は再び料理をじっと見て、「ほお」と感嘆した。

「偽鰻とは恐れ入ったぜ。山芋と豆腐を混ぜ合わせるなんて、本物よりも躰にいいかもしれねえな」

「鰻は確かに旨いですが、もたれることがありますからね。味がそっくりならば、その時の具合のよしあしで食べ分けてもいいかもしれません。あまり優れない時は、偽鰻。元気いっぱいの時は、本物の鰻というように」

「今宵(こよい)の俺たちには、この〝鰻もどき〟で正解だ。これなら軽く食べられていいわ」

「腹に溜まらない感じが却っていいですね」

蒲焼きの味付けで、粉山椒まで振れば、立派な〝鰻もどき〟が作れてしまうのだ。料理が好評で、お市とお花は微笑み合う。二人は偽鰻をぺろりと平らげてしまった。

今宵も店は賑わっており、馴染みのお客をもてなすためにお花が離れ、お市が残って酌をした。

「探索、たいへんなのね。あまり無理なさらないで。躰が一番ですもの」

「ありがとよ。まあ、仕事だからな。ただ、俺も桂も、どちらかっていえば歩き回って探索するほうが合ってるんだよ。今やってるのは、膨大な資料を読んで、その中から目ぼしい盗賊を挙げていくって作業だから疲れちまうのよ」

「奉行所の書役に頼んで、色々な事件の探索が記された資料を見せてもらってるんです。でも書かれていることが多いうえに、手懸かりがなかなか摑めず、苦戦しているという訳です」

「まあ、それでは肩が凝ってしまいますね」

「そういうことだ。忠吾と坪八にも聞き回らせているから、そのうち探し出せるとは思うがな」

「出来ますよ、皆様なら、必ず」

お市に微笑まれ、木暮と桂はつられて笑みを浮かべる。

「では、今宵は軽く召し上がれるものがよろしいわね。甘みがあるものとかは如何かしら」

「そういや、なんだか甘いものが食いてえな。疲れてるからだろうな。躰がほしがるんだ」

「私も同様です。甘いものは苦手なほうなのに、不思議です」

「では、ほんのり甘くて軽く召し上がれるもの、お持ちしますね」

お市は会釈をして立ち上がり、板場へと向かった。

少し経ってお市が運んできたのは、〝カステラ〟だった。狐色にふんわり焼き上げられたカステラに、木暮たちは「おおっ」と声を上げた。

「甘くて芳ばしい、いい匂いがするぜ」

「あっ、これは凄い！　店の名前が入ってますね」

カステラには、〈はないちもんめ〉と焼印が押されてあったのだ。

「そうなんです。このカステラ、茂平さんにうろうろ舟でも売ってもらおうという話になって、それならお店の名前を焼印で押したらいいんじゃないかって。印象深いし、お店の伝にもなりますから」

木暮と桂はカステラを手に持ち、「なるほどねえ、こりゃ伝になるわ」と感心して眺める。

「焼印も目九蔵さんが作ったのかい？」

「いえ。目九蔵さんが親しい鋳掛屋さんに頼んで、真鍮で作ってもらったの。こういう焼印が一つあると、ほかのお料理にも使えるから、便利なんです」

木暮は「ほう」と相槌を打ちつつ、何かもやもやとしたものを感じていた。鋳掛屋と聞いて、殺された又六を思い出したのだ。

「焼印……そうか、焼印か。鋳掛屋だったら、焼印を作ることだって出来るんだよな」

ぼそっと言う木暮を、お市と桂が見詰める。木暮は、植木屋の金太が、又六について話していたことを思い出した。

――一軒家に閉じ込められていた時、又六は小判を取り出してじっと眺めていた。小判には極印が数箇所押されているよな。焼印が作れる鋳掛師だったら、極印だって作れるだろう。又六が小判をじっと眺めていたのは、極印をよく見ていたからでは？　精巧に作った贋の極印を、精巧に作った偽の小判に押しちまえば、立派に贋金が出来ちまう。極印さえ押してあれば、通用しちまうんだ――

又六の惨い死体と、金強奪事件の凄惨な風景が、再び重なり合った。

厳しい顔つきでカステラを睨んでいる木暮に、桂が「どうしたんですか」と声を掛ける。木暮は我に返り、焼印から察したことを話した。お市と桂は、真剣な面持ちで耳を傾ける。

「悪党どもは又六に極印を作らせたが、邪魔になったか、もう用がなくなったかで、殺したんだろう。部屋が荒らされていたのは、極印を作った証拠になりそうなものを、すべて探して持ってっちまったからじゃねえか。そういや桂、思わなかったか？　又六は居職だったってのに、仕事道具があまり部屋に残ってなかったよな」

「そういえば……」と桂は顔を強張らせる。

「悪党どもは、盗んだ金から贋の小判を造る仕事も、既に又六にやらせていたのかもしれねえな。それに贋の極印を押しちまえば、贋金の出来上がりだ」

「又六が金盗難事件の悪党どもと繋がりがあったとして、あのほかの五人はどうなのでしょう」

「それはまだ分からねえなあ。ただ、金強奪事件の悪党どもと、宝探ししている悪党どもは別だろうから、このようなことが言えるな。又六がかつて松義丸を介して繋がっていたのは宝探しの悪党どもだろうが、最近繋がっていたのは金強奪の悪党どもだったのだろうと」

「職人としてよい腕を持っていながら、そのような者たちと縁が切れなかったんですね」

「うむ。それがあいつの、弱さだったんだろうな」

木暮は摑んでいたカステラにかぶりつく。卵と饂飩粉と砂糖で作られた素朴なカステラを三口ほどで食べ終え、木暮は「旨えな」と指まで舐めた。お市は木暮に酒を注ぎ、微笑んだ。

「少しずつ、着々と解決に向かっているわね。凄いわ」

「カステラのおかげよ。なんだかんだ言って、お前さんたちには頭が上がらねえや」

「まことに」と桂も苦笑いでカステラを頰張る。ちょうどいい甘さのカステラは、疲れていた二人の男の心と胃ノ腑を、優しく包み込んでくれるようだった。

木暮と桂は再び、殺された又六の家を隈なく探してみたが、贋の極印はどこからも見つからなかった。あの後、掃除をしたのだろう、壁や畳などは丁寧に拭かれていたが、血の痕がまだ薄ら残っている。大家はこの部屋を、暫く誰にも貸すつもりがないようだった。

がらんとした部屋の中で、木暮と桂は、又六の最期を思い出していた。

「徳利が転がって、又六は盃を握り締めていた。こぼれた酒で、畳が濡れていた。酒を一緒に呑んでいて、殺られたってことだ。そして下手人は、自分が口をつけた盃は持って帰っちまったんだ」

「造らせた極印や、それに使った道具などとともにですか。証拠になるようなものは、すべて」

腰高障子に西日が差し、七輪で魚を焼く匂いが漂ってくる。二人は重い溜息をつきながら長屋を後にした。

役宅に戻る途中の中ノ橋のほとりで、忠吾が待っていた。探ったことを注進しにきたのだ。

「宝を探している悪党どもといいますのは、もしや名古屋を拠点とする盗賊団〈月影党〉かもしれやせん」と、忠吾は押し殺した声で言った。

「〈月影党〉か……。その名には覚えがあるような、ないような」と木暮は顎をさすりつつ、訊ねた。

「それで、その〈月影党〉の御頭ってのは、ここ最近亡くなってるのか？」

「はい、三月ほど前に肝ノ臓の病で亡くなっておりやす」

「よく調べたな、礼を言うぞ。しかしよく分かったな」

「はい。あっしの知り合いで、弥次郎っていう奴がいまして、そいつから色々聞き出して参りやした。弥次郎は八丈島に流されていたんですが、御赦免が出て一年前に戻ってきたんです」

「流人だったのか」

「そうです。手癖が悪くて掏摸をやって捕まっちまって……。島に流されたのは三年前で、そこで喜ばしくも妙なことがあったというんです」

　木暮と桂は目を瞬かせた。

「いったいどんなことだ？　その喜ばしくも妙なことというのは」

「はい、半年に一度ほど、八丈島の流人宛てに、金子が送られてきたというんです。決して名乗らぬ相手から。『暮らしの足しにしてくれ』と」

「送ってきたのが誰か分からないという訳か。でも、流人宛てに八丈島へそんなものを送ったとしても、役人に没収されちまうんじゃないか？」

「それが、その名乗らぬ者が金子を送っていたのは、八丈島に住む六十ぐらいの婆さんで。その婆さんが、流人一人一人にこっそり渡してくれたというんです。『今回も親切な人が送ってきてくれたから、大切に使うんだよ。役人に見つかったりしたら没収されちまうから、気をつけてね』と。一人一人がもらえる額はそれほどではなくても、本当に助かったと弥次郎は言ってました」

「そりゃまさに、喜ばしくも妙な話だな。だが、実はそれは、婆さんが貯めた金だったなんてことはないか？」

「婆さんが作り話をして、自分の金を渡していたってことですかい？　でも、あの島の、それも年寄りが、そんな余分な金を持っているでしょうか？　その時八丈島にいた流人の数は、弥次郎を含めて十人ほどだったといいやす。一人頭金一分として、二両二分。半年に一度、そんな額を出せやすかね、島の婆さんが」

「確かにそうだな……ってことは、やはり誰かが送ってきてたんだな」

江戸で流罪（るざい）に決まった者が送られるのは主に、佐渡島（さどがしま）のほかは伊豆（いず）七島と呼ばれる大島（おおしま）、利島（としま）、新島（にいじま）、神津島（こうづしま）、三宅島（みやけじま）、御蔵島（みくらじま）、八丈島で、特に八丈島が多かった。それでも送られるのは年間、五、六人ほどで、人口のほとんどは在来の島民が占めていたのだ。

島では流人たちはある程度自由な暮らしが出来たが、仕事をして稼がなければならなかった。島に送られた後の面倒は、誰もみてくれないからだ。食べるものがなければ、野垂れ死にしてしまうこともあった。

流人たちは主に、石垣を築くための玉石を運ぶ仕事をしたが、その報酬は石一つにつき握り飯一つだったという。貧しく厳しい暮らしを強いられる流人にとって、半年に一度の小遣いは、涙が出るほど嬉しかっただろう。無駄遣いせずに貯めていれば、運よく江戸へ戻れた後の暮らしも、それでどうにか凌げるからだ。

「その婆さんは送り主を知っていたようですが、送り主の希望で、絶対に名を教えなかったといいやす。分からないがゆえによけいに気になっちまったようで、流人たちの間で、その送り主の推測が始まったと」

「それで、いったい誰ってことになったんだ？」

「はい、それが〈月影党〉の御頭だった、月影久兵衛ではないかと」

木暮と桂は顔を見合わせ、瞠目した。

「盗賊の御頭が、八丈島の流人たちに、金を援助していたというのか？」

「はい。流人たちの間ではそれが定説だったそうです。流人の中に、盗みを働いて捕まった三助という男がいて、弥次郎はその三助から色々聞いたそうで。三助は尾張名古屋にいた時に盗みの味を覚えたそうですが、三助の御頭だったって男が、どうも月影久兵衛に敵意を持っていたようで、よく愚痴をこぼしていたと。

まあ、同じ盗賊の御頭といっても、久兵衛は器が大きく、人望も厚い。そんな久兵衛に対する、つまらぬ妬みってやつだったようで。でも、いくら悪口を叩いても、久兵衛のことを襲ったりなんてことは決してしなかったそうです。久兵衛は腕っぷしも滅法強かったらしいので、返り討ちに遭うって分かってたんでしょう」

「名古屋のほうでは、久兵衛の名は知れ渡っていたというんだな」

「はい。久兵衛はとても慎重で、派手なことはせずに、すっと現われすっと盗むといった仕事だったので、足がつきにくかったようです。それゆえ、〈月影党〉及び月影久兵衛は実在しないと考える者もいるようで。作り話の盗賊たちだ、と」

「だが、本当に実在するんだな？」

「はい、そのようです。月影久兵衛の信条といいますのは、《人を決して殺めない。貧しい者からは決して盗まない。金の余っているところから、さっと頂戴する》。〈月影党〉とは、この掟を厳しく守り抜いている者たちだと。その久兵衛に惚れる者たちは多く、頼りにされていたようです。三助も弥次郎によく嘆いていたそうですぜ。『俺も久兵衛の御頭のもとで働きたかったなあ』と」

「なるほどな。盗人たちの間では、月影久兵衛に対する憧れのようなものがあるんだな。それで、金を送ってくれる者は久兵衛ではないかと思い込んでしまったと」

「久兵衛の人となりを聞いておりやすと、あながち思い込みとは言えねえかと。流人を援助するってことは、流人、つまりは咎人（とがにん）の気持ちが分かるってことで。それならば、自分も罪を背負っている者なのではと考えられやせんか？　久兵衛は恐らく捕まったことはなかったと思われやすが、罪を背負った者の苦しみや痛みは分かっていたんでしょう。そこで、流人となった者たちを応援するつもりで……」

「それが本当だとしたら、久兵衛は相当器の大きな男だったんだな」

木暮は深く息をついた。

「三月前に久兵衛が亡くなったことは、〈月影党〉はまだ公（おおやけ）にしてはいないそうです。噂は静かに伝わっているようですが。〈月影党〉がことを公にするのは一周忌が明けてからではと囁かれてやすぜ。もしや久兵衛の遺言なのかもしれやせん。宝を探している手下の者たちにとっても、そのほうが都合がよいでしょうし」

「そうか。ずいぶん慎重な御頭だったんだな。それなら、いくら資料をあたってみても探り出せなかった訳だ。亡くなったことすら隠してしまっているならな」

桂は「あっ」と小さく叫んだ。

「そういえば、或る事件について、このような記述があったように思います。『久兵衛率いる〈月影党〉の仕業と思いしや、別の者たちの仕業也。〈月影党〉の噂ありしが、正体は不明』と」

額に滲む汗を、木暮は腕で拭った。

「目星はついたな。宝を探しているのは、名古屋を拠点とする〈月影党〉の奴らだ。……どうにかして先に謎を解いて、久兵衛の遺産を見つけ出してやるぞ」

意気込み、木暮は、ふっと笑った。

「その久兵衛って、面白い爺さんだったんだな。刺青に意味を籠めたり、流人に援助したりよ。……俺も会ってみたかったぜ」

桂と忠吾も小さく頷く。夏の空に、燃えるような茜雲が広がり始めた。

二

店の休みの日、お花はいつものように〈玉ノ井座〉で軽業を披露して給金を受け取り、それを握り締めて幽斎の占い処へと急いだ。幽斎に是非視てほしいことがあったのだ。

だが、お滝のことがふと気になり、お花は小屋に立ち寄ることにした。時間がないため、お滝の芸を見ることは出来そうもないが、挨拶だけはしていきたかった。

広小路沿いの小屋〈風鈴座〉の前に着き、お花は溜息をついた。あいにく小屋は休みだったのだ。

——どうしたんだろう。ここが休むって珍しい。……でも、休みも必要だもんね。姐さんもたまにはゆっくりしてほしい——

お花はお滝を慮（おもんぱか）りながら、小屋を離れた。

薬研堀にある幽斎の占い処へと赴くと、その日も長い行列が出来ていた。最後尾に並んで一刻（二時間）ほど待ったところで、お花の番となる。

邑山幽斎には幾度も占いを視てもらっているが、会う度、お花はときめいた。華奢な躰に黒い着物を纏い、黒い帯を締め、漆黒の髪は撫での糸垂。肌は透きとおるほどに白く、唇は紅も差していないのに色づいている。幽斎は男にも女にも見え、はたまた美しき妖のようでもあった。

人気占い師なのにどこか翳りのあるところが、お花の心をいっそう掻き立てた。幽斎の占い処には、夥しい書物が並んでいる。幽斎は以前、ぽつりと漏らしていた。

「私は孤独だった頃、書物に慰められたのです。書物に救ってもらったのですよ」

その言葉が、お花の心の中にずっと残っている。

今日もお花は幽斎を前に初めはもじもじしていたが、穏やかに話し掛けられ、徐々に和んでいく。

そしていつものように手相を視てもらった後、思い切って、事件のことを相談してみた。

刺青に隠された〝花札〟の図柄、それから連想される食べ物〝カステラ〟を手がかりに、宝の隠し場所を見つけることができないか、と——。かつて博学の幽斎の意見が、事件を解決に導いたこともあるゆえに。

　そっくりという訳にはいかなかったが、お花は刺青の図柄をまた別の紙に写し取っていた。それを幽斎に見せ、説明する。

　お花の話を聞き、幽斎は答えた。

「仰るように、どちらも南蛮から渡来したものが変化したものですから、やはりその線で考えてみるのがいいかもしれませんね。南蛮渡来のものを扱っている小間物屋などをあたってみるのは如何でしょうか。抜け荷や禁制品がよく入ってくる問屋や船着き場なども。唐物屋(からものや)などにも、南蛮の物を置いてあるところがあります。たとえばそのようなところの土蔵に、密かに隠されているかもしれません」

　そして幽斎は苦笑いしつつ、「まあ、それぐらいのことは私が言わなくても、町方の皆様はなさっているでしょうが」と付け加えた。

「いいえ、まだ探っていないと思います。鋭い御意見、本当にありがとうございます」とお花が頭を下げると、幽斎は「いえいえ、思いついたことを述べただけです」と恐縮した。

　幽斎は、お花が写し取った刺青の図柄を眺めつつ、首を傾げた。

「でも、妙な事件ですね。刺青に謎を秘めておくなど。……あ、そういえば、おかしなことを訊ねてきた女人がいました。刺青で思い出しましたが」

「どんなことですか」

「ええ。『黒猫の刺青を彫った二十五歳ぐらいの女を捜している。人相書まで見せられてね。その女の特徴を詳しく告げるから、今どこにいるか占ってほしい』と。『暫く会っていないから、もしかしたら見た目は多少変わっているかもしれない』と」

お花の顔が強張る。お滝を思い浮かべたからだ。

「そ、その、占ってほしいって言ったのは、どんな女でしたか？」

「ごく普通の、おかみさんといった方です。ただ、目に鋭さはありましたね」

「そ、それで、人相書に描かれていたのは、どんな人だったんですか」

「ええ。うりざね顔で婀娜（あだ）っぽい、美しい女人でした。……その絵を見て、私がすぐに感じたのは、もしや今この界隈で話題になっているお滝さんという人のことかなと。私はお滝さんを拝見したことはないのですが、直感したのです。しかし、不穏な様子だったので、見当もつかないと誤魔化しました。『辰巳（たつみ）のほうにおられると思われますが、定かではありません』とだけ答えておきましたが、もちろん出任せです。そしてお代はいただかず、お引き取り願いました」

お滝の身に危険が及ぶような予感がして、お花の顔色が変わる。その変化に幽斎も気づいたようだった。

「どうなさいましたか？　もしやお滝さんをご存じなのですか」

「え、ええ。……でも、大丈夫だと思います。あの方は、とてもしっかりしていますから」

「御心配ならば、ほら、いつぞや私を助けてくださった岡っ引きの忠吾さん。あの方に頼んで、お滝さんを見張っておいてもらっては如何でしょう」

「あ、それはいいかもしれません。……今、色々忙しいみたいですが、頼んでみます」

お花は胸騒ぎを抑えつつ、幽斎に、刺青の平仮名についても訊ねてみた。

「この暗号の意味、お分かりになりますか。あたしたちも考えてみたのですが、『鱧、受けれぬ』とか『鱧、抜け売れ』としか読み解けなくて。でも、鱧は南蛮には関係がないし、やはり違うのではないかと。そこで、先生の御意見を是非伺いたいのですが」

刺青に組み込まれた文字、「ぬ、も、れ、は、け、う」と呟きながら、幽斎は考え込む。そして答えた。

「申し訳ありません。少しお時間をいただけますか。よく考えてみますので」

「お忙しいところ本当にごめんなさい」

お花は幾度も頭を下げる。

その日も幽斎は本を貸してくれたので、それを大切に抱え、お花は占い処を後にした。今回借りたのは、享保三年（一七一八）に刊行された『古今名物御前菓子秘伝抄』という、南蛮菓子の作り方まで書かれたものだった。

幽斎に本を借りて心が温まりつつも、お花はお滝が気になって仕方がない。そこで、再び小屋に立ち寄ってみると、人が集まって騒ぎになっていた。

「何かあったの？」とお花が訊ねると、教えてくれる人がいた。

「お滝さんがいなくなっちまったみたいだよ。昨日から姿が見えなくて、一座の皆が捜し回っていたようだ。それで今日は小屋を開けられなかったんだって」

心配していたことが現実となり、お花は動転して本を落としそうになる。

――幽斎さんの占い処にきた、おかみさん風の女って、誰なんだろう。あたいがこの前見た、小屋を覗いてた浪人者は？　二人ともお滝姐さんをつけ狙っていたというの？　いったい何が起こっているんだろう――

お花は混乱しながら、家路を急ぐ。今日は店が休みなので、木暮もさすがに来ないだろう。かといって役宅まで押し掛けるのは気が引ける。そこでお花は忠吾が住む長屋へと駆けていき、忠吾に訳を話し、木暮に伝えてもらうよう頼んだ。

お花が戻って暫くすると、木暮が忠吾とともにやってきた。がらんとした店の中、お市は木暮と忠吾に頭を下げた。

「ごめんなさいね。この子の我儘で、御足労お掛けしてしまって」

「いいってことよ。事件に関係することなら、無視出来ねえからな」

お市は二人を座敷に上げ、冷たいお茶と手拭いを出す。お紋が料理を持ってきた。

「板前も休みだから、こんなものしか出せなくて悪いねえ」

椀に入っていたのは〝白瓜の冷汁〟。見た目も味も涼しげな一品だ。薄く切って湯がいた白瓜、千切りにした茗荷と生姜に、味噌汁の澄まし汁を張ったものだ。

「いやいや、暑い時には、こういうのがありがてえのよ」

木暮と忠吾は冷汁をずずっと啜り、顔をほころばせた。

「汗を掻くせいか、夏は塩っけがあるものがほしくなりやすわ」

「白瓜に茗荷に生姜が揃えば、旨いに決まってるぜ。……ほらお花、俺たちは勝手に食うから、遠慮せずに話せ。何があったんだ」

お花はお滝のことを正直に話した。幽斎が言っていたこと、そして、この店でお滝の様子がおかしかったことも。

「もしかしたら、姐さん、連れていかれたのかもしれない。あたいは見たことないけれど、姐さんの背中に刺青があるって噂を聞いたんだ。姐さんが危険な目に遭う前に、早く見つけ出して、お願い！」

お花は木暮にすがりつく。木暮は冷汁を呑み干し、答えた。

「うむ。お滝は恐らく連れ去られたんだろうな。あの宝探しの連中に。ってことは、お滝の刺青にも何かが隠されているんだろう。……でもよ、それなら、少し経ったら無事に戻ってくるとも考えられねえか？　前の六人ともそうだったんだから」

「あっしもそう思いやす。宝探しの連中は、危険な目には遭わせないでしょう、特に女は」

お花は言葉に詰まる。木暮はお花の肩を摑んだ。

「お前の気持ちも分かるぜ。行方知れずになったら、そりゃ心配だよな。だが、ここは数日待ってみよう。きっと帰ってくる、お滝は」

「うん……」

木暮の手は大きくて温かく、お花に落ち着きを与える。お市も娘のもう片方の肩に触れ、励ました。

「旦那の言うとおりよ。お滝さんの無事を祈って、待ってましょう」

お花の顔の強張りが解けると、お紋が口を出した。

「そのお花が見掛けた浪人者ってのは、あの六人の中の浪人者と同一かね」

「忠吾並みの大柄で、目の下に傷があって総髪なら、恐らくそうだろう」

「じゃあ、幽斎さんのところに訊ねにきたおかみさんは誰なんだろうね」

木暮は暫し考え、答えた。

「その女も六人の内の誰かなら、水茶屋の女将のお袖か、亀次の女房のお早だ。だが、お袖は普通のおかみさんって柄ではねえよな。するとお早ってことか」

「でも、お袖さんが、おかみさん風に化けてたってこともあり得るわよね」

お市が言うと、「ああ、そうか」と一同は頷く。

「まあ、その二人のどちらかって訳じゃなくて、また別の何者かだったのかもしれねえな。それより俺が気になるのは、どうしてお滝はほかの六人と一緒に連れていかれなかったかということだ。どうしてお滝だけ時機がずれたんだろう」

「居場所がなかなか突き止められなかったのでしょうかね」

「うむ。そうかもしれんが、もっと深い意味があるような気もするんだよな」

首を捻る木暮に、お花が言った。

「もしかしたら……お滝姐さんの刺青には、決定的な何かが秘められているんじゃないかな。宝の隠し場所が、絶対に分かるっていう。ほかの六人の刺青から浮かんだのは〝花札〟〝カステラ〟、そしてその二つに共通の〝南蛮から渡来したものを日本に残すために少し変えたもの〟だっただろう。それらの謎が解けてから、お滝姐さんの刺青と照らし合わせると、決定的な何かが浮き彫りになるのかもしれない」

「うむ。盗賊の御頭が、そのような謎解きの手順を言い遺したのかもな。『まずは六名の刺青の謎を解き、その後にお滝の刺青と照らし合わせて考えてみろ。そうすれば、隠し場所が分かる』とな。それで連れ去るのが少しずれたって訳か」

「盗賊って、どんな奴らか見当はついたのかい？」とお紋が身を乗り出す。

木暮は〈月影党〉及びその御頭だった久兵衛のことを話した。はないちもんめたちは真剣な面持ちで聞き、深い息をついた。木暮はお花に笑んだ。

「だからよ、〈月影党〉の者たちが連れ去ったのなら、お滝の命を奪うなんてことはないから、安心しろ。刺青をよく見せてもらうだけだよ」

「そうなんだ……そんな盗賊って本当にいるんだね。咎人なのに、不思議な人だね、久兵衛って御頭も」

「探ってみたところ、久兵衛はやはり賭場の元締めをしていたようだ。お滝も六名と同じく、賭場仲間だったのかもしれねえな」

お花は「そうかもね」と小声で返した。お滝の来し方が暴かれることに、お花は覚悟がついていた。しかし、それがどんなに壮絶であっても、たとえお滝が咎人だったとしても、お花のお滝への気持ちは変わらない。

お花には分かるのだ。強がっているお滝の目が、本当はとても澄んでいると。お滝は黒猫をとても可愛がり、黒猫もお滝にとても懐いている。お滝は子供にも、やけに好かれる。鉄火肌（てっかはだ）のお滝を、なぜか子供は怖がらないのだ。子供や動物に好かれるのは、お滝が心優しいからだと、お花は思う。

山猿と呼ばれるお花の野生の勘が、知らせてくれるのだ。お滝は決して悪人ではないと。

三

お花は、お滝が無事であるよう、強く祈っていた。その祈りが通じたのか、五日ほど経って、お滝は帰ってきた。

お滝が住む長屋へと向かう木暮と桂の後を、お花はこっそりと尾けていった。

お滝が戻ってきたと聞いて、居てもたってもいられなかったのだ。

お花は身を屈め、腰高障子の隙間からそっと窺った。

お滝は憔悴した様子で、木暮と桂の問いに答えていた。

「連れ去られ、背中の刺青を見られました。細かいところまで写し取っていたようです」

「どうやって連れ去られたんだ。お前さんも舟でかい？」

「はい。舟に乗せられました。仕事を終えて小屋を出た私を尾けてきたのでしょう。暗いところで二人組に襲い掛かられ、口を塞がれ、気絶させられました。気づいた時には舟の上で、降ろされると仲間が待っていて、次は駕籠に乗せられ、目隠しされて運ばれました」

「それ以上の手荒なことはされなかったんだな」

「はい、そのようなことはありませんでした」

木暮はお滝をじっと見据えた。

「お前さんを連れ去った者たちに、お前さん、心当たりはあるんじゃねえか？」

「いえ、ございません」

お滝ははっきり答える。

「正直に答えないと、自分の身にならねえぜ」

「はい、正直に申しております」

「〈月影党〉って連中だろう。御頭だった者の名は久兵衛だ。本当に心当たりはないか？」

「はい、ございません」

木暮とお滝は睨み合う。お滝の眼差しは鋭かった、木暮が一瞬怯んだほどに。

「お前さんも頑固だな。……よし、じゃあ背中の刺青を見せてもらおう。これは無理やりにでも見せてもらうぜ。いいな」

お滝は頷き、素直に従った。帯を緩め、胸元をはだけ、菖蒲色のめくら縞の着物をするっと肩から滑らせる。

腰高障子の隙間から覗きながら、お花は息を呑んだ。

お滝のしなやかな白い背中には、艶（あで）やかな緋牡丹（ひぼたん）と黒猫が二匹、絡み合うように彫られていたのだ。

そして、図柄には「き」という平仮名が組み込まれていた。

「お前さんも、松義丸に彫ってもらったのか」

「はい」と、お滝は素直に認めた。やんちゃだった娘時代に、松義丸に彫ってもらったと。

お滝の刺青も絵師の戸浦義純に写し取ってもらったお滝の刺青の絵を眺めながら、木暮は——おや？——と思った。

刺青の黒猫は、二匹とも首輪のようなものをつけていた。その真ん中に飾りがついているのだが、その模様というのが、一つは〝二重丸〟（◎）で、もう一つは〝縦線〟（I）だった。

——この違いはなんだろう。まあ、深い意味はないのかもしれんが——

だが、木暮は妙に気になるのだった。

その夜、また店が終わる頃に木暮と桂は〈はないちもんめ〉を訪れ、お滝の刺青の絵を見せた。

「この絵に、本当に決定的な何かが秘められているのか、どうも分からねえんだ」

と木暮は溜息をつく。お紋も首を捻った。

「黒猫ってのが引っ掛かるよね。ほかの六人は、龍とか梵天とか、刺青にいかにもありそうな図柄だったけれど、黒猫ってのは珍しいもんね」

「お滝曰く、子供の頃から黒猫が大好きだったから、彫ってもらったそうだ」

「牡丹と黒猫って、お滝さんに合うように思うわ。とても洒落ていて」とお市は微笑む。

「俺はこの黒猫の首輪の模様みてえのが、なんだか引っ掛かるんだよな」

お紋は目を近づけ、じっくりと見る。

「一つは二重丸（◎）で、もう一つは縦線（Ｉ）だね。でも、ずいぶん細かいところだ。それほど気にしなくていいんじゃないの」

「猫が二匹なのは何か意味があるのかしらね」

お花もじっくりと絵を眺め、口を挟む。

「姐さんにも〝き〟の文字が彫ってあったから、これで平仮名は〝ぬ、も、れ、は、け、う、き〟の七つだ」

「ってことはさ、平仮名に隠された意味は〝軆抜け売れ〟とか〝軆、受けれぬ〟ではないんだよね。もう一文字増えちまったからさ。七文字でまた考え直さなきゃね」

皆で侃々諤々やりながらも答えは出ずに、夜は更けていく。

木暮は忠吾と坪八に頼み、刺青のある者たちを見張らせた。お紬、金太、亀次、お早、岩谷権内、お滝の六人だ。岩谷らしき男と謎の女が、お滝を追っているらしいということが、木暮はどうも気になっていた。

——岩谷や謎の女がお滝の居場所を探していたのだとしたら、彼らは盗賊どもに力添えしていた？　そうか、「お滝を見つけてくれたらまたいくらか報酬を渡す」と、奴らに言われたのかもしれねえな。ならば、六人に目を光らせておけば、どこかで盗賊どもと接触するかもしれん。その時を狙って捕まえちまうか
——

木暮は頭を働かせた。

忠吾によると、亀次は事件に巻き込まれて刺青を入れていることを与力の藤江

に知られ、一時は肩身が狭くなってしまったという。しかし藤江に土下座して謝り、いっそう真面目に仕事に励んでいるので、徐々に信頼を取り戻しつつあるそうだ。金強奪事件はなかなか下手人が挙げられず、奉行所の者たちも諦めかけてきているが、亀次は泥だらけになり這いつくばって、あちこちを探っているという。

「あいつは凄えです。こないだなんて、『これだけ探して見つからないなら、肥溜めの中にでも隠してるんじゃないか』と、本当に飛び込みそうになったとかで。さすがに皆で押しとどめたようですが、あんな刺青を入れるだけあって、肝が据わってますぜ」

「あいつの取り柄は、その熱い心と行動力なんだろうよ。藤江様もそこを見込んで、来し方のやんちゃには目を瞑ったって訳だな」

木暮は苦笑した。

木暮と桂は〈月影党〉と久兵衛について調べを進めた、どうやら久兵衛は情に厚く、盗賊に似合わぬ正義の心を持った男だったらしい。
女房を喪ってからは、女遊びをする訳でもなく、地道に暮らしていたという。

その女房との間には子供が一人いたそうだが、その消息はよく分からなかった。

また、久兵衛が本当に八丈島の老婆に金を送っていたかも、まだ摑めなかった。もしそれが本当であるならば、木暮が不思議に思うのは、久兵衛とその老婆との繫がりである。久兵衛は六十二歳で亡くなったので、老婆とそれほど歳は離れていない。

――久兵衛の身内の者なのだろうか。それとも知り合いなのか。久兵衛は八丈島にいたことがあるのだろうか。捕まったことはないようなので遠島ではないだろう。ならば、八丈島の生まれなのか――

木暮は勘を働かせる。八丈島へ渡って、その老婆を見つけ出して話を聞いてみたかったが、宝を探し当てるほうが先であった。

盗賊たちだって宝を探しているのだ。先回りしてどうにか見つけ出し、奴らを捕らえてしまいたい。いくら久兵衛が情の厚い男だったといっても、盗みは咎であり、盗んだ金は没収すべきなのだ。

第五話　まろやか穴子(あなご)丼

一

水無月ももう終わりというのに、お滝の刺青の謎が解けず、木暮は悶々(もんもん)としていた。

仕事帰りに一人でふらりと〈はないちもんめ〉を訪れ、お市の笑顔に癒やしてもらう。

「旦那、お疲れの時は甘いものでも如何? 諄(くど)くない甘さだからお酒にも合うと思うわ」

お市が出した皿には、胡桃(くるみ)の香りが仄(ほの)かに漂う、白い食べ物が載っていた。

「へえ、これは菓子かい?」

「そうよ。〝ふのやき〟と言って、千利休(せんのりきゅう)が好んで茶会でもよく用いたんですって。召し上がってみて」

「ほう、利休がねえ。どれ、一つ味を見てみるか」

木暮は、もちもちとした菓子を楊枝で切り、口に運ぶ。嚙み締め、大きく頷いた。

「皮で包まれてる、細かく刻んだ胡桃と山椒味噌の組み合わせが最高だ。砂糖を使っているとしても僅かだろう。控えめな甘さで、これまた上品だぜ。利休が好んだ味を、目九蔵さんが見事に再現したって訳だな。この皮は、饂飩粉を水で溶いて、薄く焼いてるんだろう？」

「そうよ。その皮で、胡桃と山椒味噌を巻くように包むんだけれど、結構コツがいるの。うちの板前は丁寧に易々と包んでしまうけれど。こういうお味、抹茶だけでなく、お酒にもなかなか合うでしょう？」

お市に酌をされ、木暮の顔つきも甘やかにほぐれていく。

「うむ。そのとおりよ。胡桃と味噌は芳ばしく、仄かな甘みが合わさって、こういうのが肴だと、まったりと酒を味わいたくなるな」

行灯の明かりに照らされ、お市が生けた百合の花が、ほんのりと山吹色に染まって見える。

「しかし目九蔵さんってのは、料理だけでなく、色々なことを知ってるよな。感心するぜ」

「この〝ふのやき〟は、お花が幽斎さんから借りてきた本に書かれてあったのよ。『古今名物御前菓子秘伝抄』という。ほかにも南蛮菓子の作り方が色々載っていて、参考になるって板前は喜んでいるわ」

ちなみに『古今名物御前菓子秘伝抄』には、百五種類もの菓子の作り方が書かれている。

「カステラの元になったといわれるもののほか、日本に来た南蛮菓了ってどんなのがあるんだい」

「その本に書かれているのは、金平糖（こんぺいとう）とかカルメラとかボーロとか。あ、そうそう、〈はん仕やう〉という頁に、パォン（パン）の作り方も綴（つづ）られているのよ！　饂飩粉と甘酒で〝ふるめんと〟という醸（かも）しを作る方法も。それで膨らませるのね。板前ったら、『ふっくらしたパォンを必ず作ってみせます』って意気込んでいるわ」

「ほう、パォンの作り方までねえ」

「板前が言っていたわ。カステラは室町時代に葡萄牙（ポルトガル）から長崎に伝わったとされているけれど、葡萄牙には実際はカステラという名前のお菓子はなかったんですって。長崎でも、〝パォン・デ・カスティーリャ〟という、〝カスティーリャ王国のパォン〟という名で紹介されたそうよ。その名だけを残して、日本風に味や作り方を変化させながら、カスティーリャからカステラになっていったんですって。面白いわね」

「へえ、カスティーリャだったのか。なんとも言いにくいから、日本風に名前も少し変えたのかもな」

「ふふ、そうかもしれないわね。……こんなことを言ってはいけないのかもしれないけれど、日本が異国との貿易をもっと盛んに続けていたら、私たちの食べるものも変わってきていたでしょうね。案外、今頃、お米よりパォンが主食になっていたかもしれないわ。織田信長公はパォンが大好物で、よく食べていたそうですもの」

「うむ」

　木暮は〝ふのやき〟の最後の一口を頬張り、ゆっくりと嚙み締める。行灯の明かりの中だと、お市だけでなく百合さえも妖しく見える。

「そうか……。女将のおかげで、刺青の謎が解けてきたように思えるぜ」

　お市は木暮を見詰める。木暮の顔は引き締まっていた。

「花札の元となった〝南蛮カルタ〟とカステラの元である〝パォン・デ・カステイーリャ〟は、同じ室町の頃に南蛮から伝来した。その頃、やはり南蛮から伝わってきたものがある。〝耶蘇教〟だ」

「耶蘇教……」

お市は息を呑んだ。この国で、耶蘇教は御法度。信仰していることが知れれば、火あぶり、斬首である。

「信長公は耶蘇教に寛容だったが、秀吉公が徐々に弾圧を始め、神君家康公が厳しく取り締まった今では、すっかり禁止となっている。だが、それでも〝隠れ切支丹〟と呼ばれる者たちがいる」

お市は再び息を呑む。お市に注いでもらった酒を啜り、木暮は眉根を寄せた。

「〝南蛮カルタ〟、〝パォン・デ・カスティーリャ〟、〝耶蘇教〟。三つとも、同じ頃に異国から入ってきて、姿を変えて残っているという点では似通っている。禁制の下、南蛮カルタは〝花札〟に、耶蘇教徒は〝隠れ切支丹〟と姿を変えてな」

「じゃ、じゃあ、隠れ切支丹に関わるところが、隠し場所ということなの？　やはり長崎？」

「うむ……」

胸騒ぎを覚え、木暮は考え込む。

お滝の彫り物の、黒猫の首輪に描かれていた模様。あの〝縦線〟（I）に、〝横線〟（I）を組み合わせれば、十字架に見えないこともない。

——まさか、お滝が隠れ切支丹である訳はなかろう。それに、お滝の彫り物には、〝横線〟（ー）などは見当たらなかった。俺の考え違いだ——

木暮がお市に何か言おうとした時、戸が勢いよく開き、お花が息せき切って戻ってきた。孫の慌てぶりに、お紋も「どうしたのさ」と寄ってくる。

「店を手伝いもせずにどこに居たんだ」

木暮が叱ると、お花は「ごめん」と謝るも、まだ息が整わない。お紋が代わりに答えた。

「この子、幽斎さんのところへいっていたんだよ。新しく本を貸してもらったから、前に借りた本を返してくるってね。まあ、ただの口実とは思っていたさ、幽斎さんの顔を見たいんだろうとね。七つ（午後四時）頃『ひとっ走りいってくる』って言って出たまま、今まで何をしてたんだい？　まさか、お前、幽斎さんとついに……」

「違うよ、婆ちゃん！　そういうのを下衆（げす）の勘繰（かんぐ）りってんだ。あたいは幽斎さんのお話を聞いていて、遅くなっちまったんだよ。今度も色々教えてもらっていたんだ。……旦那、あの、刺青に彫られていた平仮名の謎、解けたかもしれない」

木暮は身を乗り出す。お花は昂りつつ話した。

「あれは鱧がどうのとか、文字を並べ替えるような暗号ではなくて、〝いろは歌の暗号〟だったんだよ」

〈いろはにほへと　ちりぬるを〉は七五調だが、いろは四十七文字を七文字ずつ区切って読む方法がある。その七文字ずつ区切った末尾の語を繋げると、〈とかなくてしす〉〈咎なくて死す〉となる。

　この〝いろは歌の暗号〟の意味を一躍有名にしたのが浄瑠璃の『仮名手本忠臣蔵』である。〈咎なくて死す〉……に、赤穂四十七士の生き様を重ね合わせたのだ。

「どういうことだ？　赤穂浪士が関わってくるのか」

　お花の話を聞き、木暮は問うた。

　お花は「違うよ」と首を振った。

「幽斎さんが仰るに、〈咎なくて死す〉には、切支丹たちの生涯が重ね合わされているんじゃないかって。彫られていた仮名は、お滝姐さんのものも合わせると、〝は、ぬ、れ、う、け、き、も〟だったろう？　これらはすべて、いろは四十七文字を七文字ずつ区切ったところの〝三文字目〟にあたる仮名なんだ。耶蘇教で〝三〟ってとても重要な意味があるんだって。基督が死んで、復活したのが三日目だったから」

　木暮をはじめ、お市もお紋も目を見開いた。

いろ〝は〟にほへと
ちり〝ぬ〟るをわか
よた〝れ〟そつねな
らむ〝う〟ゐのおく
やま〝け〟ふこえて
あさ〝き〟ゆめみし
ゑひ〝も〟せす

いろはを七文字ずつ区切った三文字目が、確かに皆に彫られていたものだ。お花は続けた。

「耶蘇教にとって、七という数字にも、重要な意味があるんだって。大罪そして安息を象徴する数字が、七だから」

「お滝さんも含めて七人の背中に、三番目の平仮名を彫ったのは、そういう意味だったの……」とお市は声を掠れさせる。

「七人の刺青には、花札、カステラ、耶蘇教へ繋がる意味が、やはり籠められていたんだな」

木暮は腕を組み、お市と顔を見合わせる。木暮が察したことは、中っていたようだった。

するとまた戸が開き、女がふらりと入ってきた。百合の描かれた黒い着物を纏い、黒猫を抱いている。

「こんばんは」

お滝は木暮たちを流し目で見て、「御一緒してもいいですか」と微笑んだ。必死で探索している木暮たちに情が湧いたのだろうか、お滝は打ち明けた。

「私を連れ去った男たちには決して見せませんでしたが、実はもう一箇所、刺青を入れているんです」

木暮たちは顔を見合わせる。お滝は微かに笑みながら脚を崩し、裾を摘んで足袋を脱いだ。大蒜を剝いたような、真っ白でつるんとした踵が露わになる。

お滝の隠れ刺青は、なんと足の裏にあった。お滝はそれを、そっと木暮たちに見せる。

　足の裏に彫られた黒猫は、やはり首輪をつけていた。その模様は、〝横の一本線〟（I）だった。

　木暮は息を呑んだ。

〝二重丸〟（◎）、〝縦の一本線〟（I）、〝横の一本線〟（I）。お滝の躰に彫られたこれら三つを組み合わせると、〈クルス紋〉⊕になるではないか。

　クルス紋とは、切支丹大名だったといわれている九州豊後国（ぶんごのくに）、岡（おか）藩主中川（なかがわ）家の紋だ。十字架を変形させたものと考えられている。

　木暮はお滝に念を押した。

「お前さんは耶蘇教ではないよな」

「誓って、違います」

　お滝ははっきり答える。木暮は続けて訊ねた。

「お前さんはもしや、〈月影党〉の御頭だった、久兵衛の娘かい」

　お滝は顔を引き攣らせ、声を掠れさせた。

「親子の縁は、とうに切っています」

　お滝は久兵衛とずっと連絡を絶っていたので、〈月影党〉の子分たちが自分の居所をどうやって突き止めたか、不思議だったという。

一連の連れ去り事件は、やはり久兵衛の子分たちの仕業であったようだ。木暮は苦い笑みを浮かべた。

「お前さんの刺青にも宝の在処の手がかりが隠されていると知ったら、奴らはどんな手を使ってでも探し出すだろうよ」

聞けばお滝は、十二歳の時に自分の父親が盗賊であると知ってしまい、あまりの衝撃に、父親を嫌悪するようになったという。口さえきかなくなり、グレ始めた。お滝は淡々と語った。

「家出の計画を立てましてね。それを実行する前に、彫り師の松義丸さんに、刺青を彫ってほしいと頼みました。私、松義丸さんに、恋心を抱いていたんですよ」

本当は松義丸に女にしてもらいたかったが、「御頭の手前、それは出来ません」と断わられた。松義丸は盗賊ではなかったが、久兵衛と懇意の間柄だったという。

お滝はその時、十六歳。松義丸は三十一歳だった。娘心を踏みにじられた思いで、刺青を彫ってもらうとすぐ、文も残さず家を飛び出した。しかし、松義丸にだけは、行き先を告げておいた。江戸へ行く、と。心のどこかで、いつかまた会いたい、会いにきてほしいという思いがあったのだろう。

「名古屋から江戸へ出まして、半ば自棄になって、莫連な暮らしに明け暮れていましたよ」と、お滝は微かに笑った。

その話を聞きながら、木暮やお花たちは思っていた。

――お滝が故郷や父親を嫌がるのは、松義丸との苦い思い出が蘇ってしまうからなのかもしれない――と。

木暮は言った。

「話してくれてありがとうよ。お前さんの親父さんは、きっと、お前さんにどうしても宝を見つけてほしかったんだろう。恐らく親父さんは、松義丸から聞いて、お前さんが刺青を彫りたがっていることを知っていただろう。親父さんは本当は怒っていたが、お前さんの躰に宝の在処の手懸かりを残すことで、気持ちを抑えたんだ。親父さんは、そのうちお前さんが家を飛び出し、自分のもとを去っていくと予感していた。お前さんは強情だ。飛び出したら、二度と戻ってこないかもしれん。そうしたら、本当に縁切りになっちまう。しかし、だ。お前さんの躰に宝の在処の手懸かりを残しておけば、自分が死んだ後、子分たちが血眼になって探し出し、どんな手を使ってでも連れてくるだろう。親父さんは、そう考えたに違いねえ。親父さんは、せめて伝えたかったんだろうよ。自分の死と、お前さんに残した宝の在処をよ」

その時お花には、お滝の目が一瞬潤んだように見えた。

お花に酌をされ、お滝は酒を啜る。お滝の白い肌が仄かに色づいてきた頃、木暮は訊ねた。

「正直に答えてほしい。お前さん以外の、刺青の入っていた六名。あいつらはいったい何者なんだ？　もしや、親父さんが開いていた賭場の博徒仲間か？　知っていたら正直に教えてほしい」

お滝は躊躇ったが、横に座ったお花に真剣な目で見詰められ、意を決したように答えた。

「皆、かつて、父の子分たちでした。〈月影党〉の。在籍していた時期は、少しずつずれていると思いますが」

お滝の膝の上の黒猫が、にゃあと啼いた。木暮とお市、お紋は溜息をつく。お花は黒猫に手を伸ばし、しなやかな背をそっと撫でた。

「六人とも盗賊仲間だったという訳か。……親父さんは、どうしてあの六人の躰に、刺青の手懸かりを残したんだろうな」

「それは私にもよく分かりません。子分にはほかにも刺青を入れている者がいましたのに、どうして敢えてあの六人にしたのかは」

お紋が口を挟んだ。

「なるほどね、六人ともかつては〈月影党〉の盗賊だったんだ。ああ、どうして気づかなかったんだろう。そう考えればしっくりくるのにね。……昔の仲間に呼ばれて、六人は舟に乗った。宝の在処の謎を解いて、皆で分けようという魂胆だ」

「恐らく皆、その時まで、自分の背中の刺青にそんな秘密が隠されていたとは、知らなかったんでしょうね」とお市も口を挟む。

お紋は頷いた。

「だろうね。宝探しと聞いて、皆、乗り気になったんだろうよ。舟で連れ去られたなんて端から嘘だったんだ。送られてきた文の内容ってのもでっち上げだろう。誰かの三回忌なんてことではなくて、単に『宝を探すのに力を貸してくれ。分け前は必ず払う』みたいなことだったんだよ。差出人の名前なんて誰でもよくて、どこぞの大旦那の名を勝手に使ったんだろう」

「それで示し合わせて、舟に乗り、一軒家へと行った。目隠しされて駕籠に乗せられて……なんてのも嘘だな。一軒家がどこにあるかも、当然分かっていただろう。そこで刺青を見せ合うのも端から承知だ。宝の在処が隠されているのだからな。そして見せ合ったが、どうしても謎が解けない。いくら考えても、分からない。予想をはるかに超えて時間が掛かってしまったんだ」と木暮は顔を顰める。

「六人の周りの人たちは、彼らが若い頃やんちゃだっただろうとは気づいていても、まさか盗賊だったなどとは露知らず。彼らの帰りが遅いあまりに騒ぎ始めたんだ」とお紋。

「六人にも『騒ぎになっているかもしれない』という予感があったので、皆で相談して口裏を合わせることにした。俺たち町方などに何か訊ねられた場合の、判で押したような答えをあらかじめ用意しておいたんだ。『目隠しされて連れていかれ、一軒家で薬草を煎じたものを飲まされ続け、実験台にされた』などと、奇妙な話をでっちあげた。俺たちに訝られつつも、皆傷一つなく無事に帰ってきたので事件性が見られず、探索は打ち切りとなり、奴らの思うつぼだった。船頭の隼人ごと連れていかれたのは、悪巧みを話しているのを聞かれでもしたんだろう。一軒家に閉じ込めて、『誰にも言うな』と脅して怯えさせ、金子をいくらか握らせて口封じしたんだな」

皆、真剣な面持ちで、推測する。木暮は酒を少し舐め、続けた。

「ところが予想外のことが起きちまった。殺しだ。凶器が植木鋏らしいと分かり、金太が締め上げられた。それで金太は思わず虚実交えて話してしまった。『刺青を見せていた』というのは実。『無理やり連れていかれた』と言い張っていたのは嘘だな」

お花も口を挟む。

「金太が白状して、刺青まで旦那たちに見せちまったから、ほかの四人も仕方がなくなって見せたんだろうね。しかし、それでもかつて盗賊だったということは黙っていた。いや、言える訳ないか。もし漏らしたら、仲間に狙われるかもしれないし、周りに知られてしまったら今の暮らしが駄目になるかもしれないしね」

「金太には、もう宝を探し出すことは無理なのではと、諦めがあったのかもしれねえな。それで、殺しの疑いを掛けられて自分が捕まるぐらいだったら、正直に白状しちまおうと思ったんだろう。結構色々喋っちまったからな。刺青を見せていたこと、刺青に謎が秘められていること、悪党たちが『それと食べ物を合わせて考える』などと話していたこと——つまり、謎を解く鍵をな」

お花は少し考え、返した。

「もしかしたら金太って、謎を解く鍵になるようなことまで、わざと旦那たちに話したとも考えられない？　自分たちでは解けないと半ば諦めていたから、別の誰かに解いてもらおうって魂胆さ。それで数日後、しれっとした顔で旦那たちに近づいて、『先日お話しした刺青の謎、解けました？』なんて訊ねて、さりげなく聞き出そうと思っていたんじゃないかな」

「そこまで考えていたとしたら……小賢しい奴だな」と木暮は苦笑いだ。

「でもさあ、どうして花火が大きく打ち上げられるような晩に、それも人目につきやすい舟なんかで行方をくらましたんだろうね。もっと密かに集まればよかったのにさ」

「それは……これから宝探しをするという意気込みに満ちてたんじゃねえかな。目撃した茂平は、舟の上で皆おとなしかったと言っていたが、六人は内心、浮かれていたのかもしれねえよ。こんなに手こずるとは思わず、いわば、前祝いといった心持ちだったんだろう。パッといこうと、皆で舟に乗り込んだという訳だ。つくづくおめでてえ奴らだな、〈月影党〉ってのは」

皆の推測を聞きながら、お滝は感心している。木暮はお滝に訊ねた。

「お前さんが連れ去られた経緯は、本当だよな？　襲われて気を失い、気づいた時には舟の上。目隠しされて駕籠で運ばれた、というのは」

「はい、本当にそのとおりです。たぶん、奴らも分かっていたのでしょう。私が、宝探しなどにまったく興味がなくて、話を持ち掛けても乗ってこないと。それでも私の刺青を見なければ謎は解けない。だとしたら、力尽くというのが、一番妥当だったのでしょう」

「そうだよな。お前さんの話に嘘はなさそうだ。つまり、こういうことだったんだな。……お前さんの親父さんの久兵衛は、松義丸に頼んで、お前さん以外に六名の躰に、宝の在処の鍵を秘めた刺青を彫らせた。そして死の間際に、遺言のように、そのことを子分たちに話した。その刺青が彫られている者たちの名前、食べ物という手懸かり、そして最も重要な鍵が、娘のお滝の躰に彫られているということを。そこで子分たちは知恵を絞り、六人を纏めておびき寄せて、謎を解読しようとした。花札を見慣れているはずの奴らも、龍や菩薩と巧みに絡み合っている図柄だったためになかなか気づかず、苦労した。なんとか花札、それから連想される食べ物としてカステラを思いついたが、さて要になるものが摑めない。そこで、やはりどうしてもお前さんを連れてくることとなり、浪人者の岩谷らに頼み、総動員して血眼になって探したという訳だ。お前さんは松義丸に、江戸へいくと告げたのだったな。ならば、お前さんが江戸へ出たということは、松義丸は御頭に話していただろうから、奴らも知っていた。探すのは江戸に絞られた。そしてついにお前さんを見つけたという訳だ」

皆、お滝を見詰めている。後れ毛をそっと直すお滝を見上げ、黒猫はまた、にゃあと啼いた。

木暮はお滝に訊ねた。

「親父さんは耶蘇教徒だったのか」

お滝は答えた。

「はっきりとは答えられませんが、信仰は篤いようでした。耶蘇教かどうかは知りませんでしたが、月に一度は、名古屋から鎌倉のほうへお詣りにいっていたことを覚えています」

お花に首を撫でられ、黒猫はうっとりと目を細める。黒猫の首輪の飾りにも何か模様が描かれていたが、小さくてよく見えなかった。

二

水無月二十七日から文月十七日にかけて、大山阿夫利神社は一般の参詣者のために山開きをする。江戸からも多くの者たちが参詣に訪れ、いわゆる大山詣で賑わった。

その大山詣での者たちと擦れ違いながら、木暮、桂、忠吾、坪八はお滝とともに、鎌倉へと向かった。

お滝の話から、宝の在処がクルス紋を掲げている〈光照寺〉ではないかと、木暮は目星をつけたのだ。

鎌倉街道を大船のほうへ行き、小袋谷川を渡って坂を上る途中に、光照寺はあった。ひっそりとした小さな寺だ。

両側に鳳仙花が咲く階段を上ると、山門が見える。一同は立ち止まり、山門に掲げられているクルス紋を暫し眺めた。そして山門をくぐり、皆、息をついた。

蟬時雨が、寺の静寂を一段と引き立たせる。

光照寺は本尊を阿弥陀如来とする時宗の寺でありながら、隠れ切支丹たちを匿うとも言われている。周りの小袋谷村には隠れ切支丹の集落があり、その者たちをこの寺が庇護しているると。

「阿弥陀如来を信じる人々はもちろん、阿弥陀如来を信じることが出来ない人々も、私どもは受け入れるのです」

それが光照寺の信念だった。

クルス紋の手懸かりから、木暮は〈月影党〉の子分たちより先に宝を見つけるべく、お滝を伴ってこの寺を訪れたという訳だった。

宝はやはり、光照寺にあった。

住職は手厚く迎えてくれ、木暮たちは庫裡へと通され、話を聞くことが出来た。

久兵衛は誰かに代筆させたのだろう、長い文を残していた。子分たちへ、お滝へ、そして例の刺青を彫った六名にも一通ずつ。

住職は木暮へ、文を渡した。

「久兵衛さんは仰っていました。もし、手下たちより先に御役人様が見つけられた場合、お滝さん宛てのもの以外は、開封して読んでくださって構わないと。そうすれば、自分の真の気持ちを分かっていただけるだろうからと。それゆえ、どうぞ御覧になってください。久兵衛さんから許しを得ていましたので、私も、お滝さん宛てのもの以外は、開封して読ませていただきました」

「はい。ありがたいお言葉、では読ませていただきます」

木暮は住職へ丁寧に礼をし、まずは子分たちへ宛てた文を読んだ。それには久兵衛の志が綴られていた。

《よくここまで辿り着いてくれたな。私の願いをきいてくれたこと、礼を言う。

無駄遣いさえしていなければ、お前らもずいぶん金を貯めただろう。これからはそれを元手に、手堅い商いでもして生きていってくれ。〈月影党〉は、俺の代で解散だ。俺の遺したものは、すべて光照寺に任せることにする。こちらの御住職とは、予て懇意の仲であるからな。貧しい者や身寄りのない者たちのために役立ててほしいと心から願っている。それが俺の、罪滅ぼしだ。

ずっと隠していたが、俺は、実は耶蘇教を信仰していた。俺はジュリアおたあの子孫なのだよ。

両親は耶蘇教の信者だったことが周りにばれて、死罪になった。その時、俺は十四で、偶然寺子屋に行っていたので、どうにか捕まらずに、生まれ育った大坂から逃げることが出来た。でも、両親を喪って、俺はすっかり世を拗ねてしまったんだ。耶蘇教を信仰するのが、それほど罪なのか。悪いことなど何もしていないじゃないか。

俺の両親は信仰に厚く、人に対して思い遣りがあった。俺は小さい頃から言い聞かされた。『困っている人がいたら少しでも力になってあげなさい』『自分の幸せだけでなく、人の幸せを願う者になりなさい』と。俺の両親はよい心掛けを持ち、よい行いをしていたんだ。

それなのにどうして死罪にならなければいけないのか？　耶蘇教を信仰しているというだけで。そんなの、おかしいじゃないか。間違っている。

俺は怒り狂い、やがて世の中に復讐をするつもりで、盗賊の道へと入っていった。悪に手を染めながら、でも俺には、やはり幼い頃から身についた信仰というものがあった。それがゆえ、人を殺めたり、貧しい者を苦しめることはするなと、お前たちにも何度も言ったはずだ。俺は俺なりの信条を持って、盗みをしていたんだ。

……だが、年を取るにつれ、自分のやっているのはやはり愚かなことなのだという思いが強くなり、堪らなく悔恨が襲ってくるようになった。金は手に入れたが、失ったものも多かった。いや、失ったものばかりだった。

こんな俺が最後に出来るのは、貯めたものをせめて世の中に役立てることぐらいだ。我儘言って、すまん。だが、どうしても俺の気持ちを分かってほしかった。お前らも年を取って悔いが襲ってくる前に、どうかささやかでも、人らしい暮らしに戻ってくれよ』

文を読み終わってからも、木暮は暫く顔を上げることが出来なかった。住職は静かに言った。

「久兵衛さんのお志、お言葉、とてもありがたく承りました。しかし、如何なものでしょう。久兵衛さんのお宝は……やはり、お役人様へお渡しすべきものなのでは」

木暮は考え、答えた。

「いえ。久兵衛の宝は、既にこちらへ寄進されていますので、この寺の財産となっております。こちらの財産を、我々が没収するなどということは出来かねます。それゆえ、どうぞ、世のためになりますようお役立てください」

住職は背筋を正し、声を微かに震わせた。

「ありがとうございます。久兵衛さんのお志、御役人様の御配慮、しっかりと承りました。御救小屋や炊き出し小屋などに役立たせていただきます」

そして床に手をつき、深々と頭を下げた。文は、続いて桂、忠吾、坪八が読み、最後にお滝に渡された。忠吾が住職に訊ねた。

「あの……無学ですみやせん。久兵衛さんはジュリアおたあの子孫だったと書いてありやしたが、ジュリアおたあって、どういう人なんでしょうか」

「ええ、李氏朝鮮の生まれで、文禄の役の際に保護され、切支丹大名の小西行長公の養女となった女人です。おたあは大切に育てられていましたが、関ケ原の戦いで小西家が没落してしまうと、今度は大奥に入ることになり、侍女として家康公の寵愛を受けました。しかしおたあは、久兵衛さん同様、信仰というものが子供の頃から身についていたのでしょう。大奥に入ってからも耶蘇教を信仰し、聖書を読んでいたといいます」

住職の話を、皆、真剣に聞いていた。

「おたあはいくら周りに棄教しろと言われても、拒んだといいます。家康公の正式な側室への誘いをも。そのような頑なな態度が災いし、慶長十七年（一六一二）に禁教令が出されると、おたあは公儀から追放され、八丈島へ流罪となってしまったのです。続いて神津島へ。しかし気丈なおたあは、どのような地でも信仰に篤く、弱い者や病人、流人たちを献身的に保護したといいます。島民たちのために、おたあは尽くしたのですよ」

住職の話を聞きながら、木暮たちは、久兵衛が八丈島の流人に金を送っていた訳が分かったような気がした。先祖であるジュリアおたあの志を、少しでも引き継ぎたかったのだろう。久兵衛から送られた金を受け取り、こっそり流人たちへ渡していた老婆とは、おたあの血を受け継ぐ者の一人なのかもしれない。

「おたあは三度も遠島になったといいますが、その理由は、御赦免と引き換えに家康公の言いなりになることを断り続けたからとも、新島でいわゆる修道生活に入ったからとも伝えられています」

「ずいぶん頑固な人だったんですね」

お滝がぽつりと言うと、住職は笑みを浮かべた。

「そのようですね。家康公の申し出を突っぱね続けたのですから。でも私は、おたあはとても魅力のある女人だったと思いますよ。お滝さんもそう思いませんか？」

「ええ……思います」

小さな声だがはっきりとお滝は答えた。住職は頷き、お滝を真っすぐに見た。

「そのおたあの血が、お滝さん、貴女にも流れているということですね」

お滝は何も答えず、そっと俯く。坪八が訊ねた。

「それで、おたあさんは新島で信仰生活を続けて、一生を終えはったんですか」

「ええ、そこなのですが、某異国人神父が日本から出した文に、このように記されていたそうです。おたあは後に大坂に住んで或る神父に庇護されていた、と。その後は長崎に移ったともいいます」

「詳しいお話、ありがとうございます」と一同は、深く礼を述べた。

お滝は、自分に宛てられた久兵衛の文を開き、読んだ。文には、『辛い思いをさせたな。すまなかった』と、親心が切々としたためられていた。

病で亡くなる前に松義丸がお滝へと宛てて書いた短い文も同封されていた。

『心の中でとても大切に思っていた。いつも気に懸けていた。私が貴女に刻み込んだ絵とともに、私のぶんも楽しんで生きてほしい』

二通の文を見て、お滝の目から涙がこぼれた。父親の想い、松義丸の想いが、強がってばかりで孤独だったお滝を包み込んでいく。

お滝がいつも抱いている黒猫の名前は〈松義丸〉だった。そして首輪の飾りの模様は、松であった。

お滝は、一見冷たい感じがする松義丸が、実は熱い魂を持っていることに気づいていた。その魂を自分に刻み込んでほしくて、松義丸に刺青を彫ってもらうことを頼んだのだ。

久兵衛はお滝にも金子をいくらか残していたが、お滝はそれをすべて、寺へ寄進した。

「私が持っていると、ろくなことに使いませんから。このほうが、お父っつあんも喜ぶでしょう」と。

木暮たちが没収したのは、久兵衛が手下どもに残したものだけで、大騒ぎをするような額ではまったくなかった。

久兵衛がなぜ、亀次ら六人を選んで刺青を入れさせたのかも、久兵衛が六人それぞれに宛てて遺した文に綴られていた。それらの文には、久兵衛の御頭としての想いが溢れていた。

〈月影党〉の子分たちは、まだ宝の在処がこの寺だと気づかないようで、現われる気配はない。木暮は住職にお願いして、忠吾と坪八を寺に残して暫く見張らせることにした。

「三日経っても現われないようだったら、ひとまず戻ってこい」と命じたのだ。

一方、木暮は没収した金と久兵衛が遺した文を持ち、桂とお滝とともに江戸へ帰った。

その道すがら、お滝は話した。

「私宛ての文に、こんなことが書かれてあったんです。『檀那寺に納めた遺骨を、どうかこちらの光照寺に移してほしい。それが俺の最後の頼みだ』って」

「それでお前さん、叶えてやるのかい」

「頼まれてしまったんだから、仕方ありません。すぐには無理ですが、いずれ、ちゃんと移したいと思います」

「おう。親父さん、喜ぶぜ」

三人とも多少は疲れていたが、さっぱりとした気分だった。

三

江戸へ戻るとすぐ、木暮と桂は植木屋の金太のもとを訪れ、締め上げた。

「てめえ盗賊の仲間だったんだろ！〈月影党〉の奴らと組んで、宝を探し出そうとしていたことも分かってるぜ！　よくもさんざん嘘ついてくれやがったな。さあ、吐け、てめえらが刺青をさらしながら相談していた、奴らの隠れ家をな！」

　すると金太は震え上がり、隠れ家の場所をあっさり白状した。金太はやはり、かつて〈月影党〉に入っていたのだという。ただ、それは十年以上前のことで、盗賊の世界からすっかり足を洗っていたはずだった。ところが昔の仲間に「御頭が亡くなった。分け前をやるから」と誘われ、六人で一致団結して力添えをした。しかし宝の在処の謎はなかなか解けず、〈月影党〉の者たちが見つけ出したという話も聞こえてこないので、既に諦めていた……。

「隠していて、申し訳ありませんでした」

　肩を落とす金太に、木暮は久兵衛が金太に宛てた文を渡した。

「それほど多くはなかったが、久兵衛はお前さんたち六人に金子を残していたよ。すべて没収させてもらったがな。だからお前さんに渡せるのは文だけだ。……いい御頭だったんだな」

　金太は瞬きもせずに文を読み、小声で「御頭」と呟きながら、涙を一滴こぼした。

〈月影党〉が潜んでいたのは、巣鴨の奥、荒川（あらかわ）沿いの宮城（みやぎ）村にある一軒家だった。町方の朱引き外というところが小賢しい。〈月影党〉は、江戸のほうで盗み働きをする時は、いつもそこを巣窟にしていたとのことだ。

木暮と桂は勢いよくその一軒家に踏み込んだが、もぬけの殻だった。

「やはりなかなか宝を探し当てられなくて、いったん名古屋へ戻っちまったみたいだな。まあ、刺青の写しだけ手に入れれば、謎を解くのはどこでも出来るからな。こちらに留まっている必要はねえだろう」

木暮は溜息をつく。桂が苦々しげに訊ねた。

「名古屋まで出張って、あちらの役人と相談して、捕らえてしまいましょうか」

「いや、俺たちが名古屋まで出張る必要はねえよ。奴らは江戸で大犯罪を起こした訳でもねえ。ただ、刺青を見に江戸へ出張ってきてた、ってだけだ。それなのにわざわざ名古屋までいって奴らをとっ捕まえる訳にはいかんだろう？」

「では……どうしたらよいのでしょうね。このまま放ったらかしですか」

桂は納得いかぬというように、眉を顰める。木暮は桂の肩を叩き、「おい、ちょっと両国の小屋でも見にいかねえか」とにやりと笑った。

その夜、木暮と桂がお滝を連れて〈はないちもんめ〉を訪れた。

お市が三人に酒を出すと、お花が笑顔で料理を運んできた。

「〝鮎(あゆ)の素揚げおろし添え〟です。素揚げした鮎に、大根おろしをかけて、どうぞ」

「あら私、鮎、大好き」とお滝は微笑む。

すると膝の上の黒猫〈松義丸〉も騒ぎ出したので、お滝は鮎の身をほぐして掌に載せ、少しずつ食べさせてやる。そんなお滝を、皆、優しい目で見ていた。

「この時季の鮎はやはり最高ですね。脂が最も乗っていて」と桂が唸る。

「焼いたのはもちろん、揚げた鮎ってのもいいよなあ。皮がぱりぱり、身は詰まって、嚙み締めると旨みがじゅわっと。贅沢な味ってもんよ」

木暮は頰を緩め、お滝も舌鼓を打つ。

「大根おろしがまた美味しいの！　私、大根も好きだから、この時季に食べられるなんて、嬉しくて。この大根おろし、甘くもなく辛くもなく爽やかで、なんだか飲み物みたい」

「飲み物かい、そりゃいい」

「言い得て妙ですね」

「さすが姐さん、鋭いっす！」

笑い声が起こる。料理を褒められ、お市も嬉しそうだ。

「夏に穫れる、夏大根を使っているんですよ。分けてくださる方がいて」

「そんな大根があるんですね。季節外れの大根がこれほど美味なんて、驚きだわ。まるで水菓子（果物）みたい。揚げた鮎も、諄くなくいただけます」

目を細めて味わうお滝を見上げ、黒猫はにゃあと啼く。すると目九蔵が、鮎の切り身を載せた小皿を運んできた。

「黒猫さんに油はあまりよくない思いますから、こちらをあげてください。黒猫さんへ、わてからのささやかな気持ちです」

「まあ、ありがとうございます！　申し訳ないです、いいんですか？」

恐縮するお滝に、目九蔵は照れ臭そうに笑った。

「お気になさらんでください。どうぞごゆっくり」

目九蔵は丁寧に礼をし、すぐに下がった。黒猫は皿に飛びつき、鮎を夢中で食べる。「よしよし、よかったねえ」と黒猫の背を撫でるお滝を見ながら、木暮は不意に切り出した。

「で、お滝さん。お前さんに頼みがあるってのはよ」

お滝は顔を上げ、背筋を正した。

「はい、どのようなことでしょう」

「うむ。〈月影党〉の巣窟を突き止めたが、既にもぬけの殻だった。奴らはやはり名古屋へいったん戻ったようだ」

「そうですか……やはり光照寺だと分からなかったのでしょうね」

「それで、だ。お滝さん。久兵衛が奴らに遺した文を、お前さんが届けてやってくれねえかな」

お滝は木暮を真っすぐ見た。

「今すぐにじゃなくて、もちろんいいぜ。発(た)てる時が来てからでいい。……俺たちじゃよ、名古屋にある〈月影党〉の巣窟を探すのも、たいへんなんだ。その点お前さんなら、分かってるだろ？　だから、お願い出来ねえかな」

お滝の様子を窺いながら、お花が狼狽える。

「そ、そんな、旦那、何を言ってるんだよ！　姐さん一人で奴らのところへ向かわせようってのか？　駄目だよ、そんな危ない真似！」

しかしお滝は毅然(きぜん)と答えた。

「文、預からせていただきます。すぐに江戸を発ち、あの者たちに、お父っつあんが残した文を渡して参ります。そして、解散するよう、はっきり申しつけます」

お滝には凜とした美しさが匂い立ち、お花は黙ってしまう。木暮は大きく頷いた。

「お前さんなら、やってくれると思ってたぜ。でも急がなくていい」

「いえ、一刻も早く皆に伝えます。……このことはお話ししていませんでしたが、連れ去られた時、あの者たちに言われたのです。『跡を継ぎ、三代目になる気はないか』と」

「女の御頭ってことか？」

「はい。どうやら、跡継ぎを誰にするかで揉めているらしく、ごたごたが続いているようなのです。子分たちには、お父っつあんと血縁のある者はおりませんので、尚更なかなか決まらないと。それゆえ取り敢えず私を、名だけの御頭にしてしまおうと思ったみたいで」

「お前さんを飾りの御頭にして、実権は自分たちが握るという訳だな」

「そうです。私にそんな気はまったくないので、もちろん断りましたが。……でも、考えてみましたら、私はお父っつあんのたった一人の娘なんですよね。だから私が行って、お父っつあんが遺した文を見せ、ちゃんと話をつけて参ります。それが、娘の私の役目だと思いますから」

お滝はあくまで気丈だが、お花は不安なのだろう、頻りに爪を嚙む。

「姐さん……でも、一人で、そんな」

「大丈夫。心配しないで。平気さ、だって私は月影久兵衛の娘なんだから」

言い切り、お滝はお花に向かって艶やかに笑んだ。

「お父っつあんの遺言どおり、解散して堅気に戻るよう、言い渡してくるよ。そして必ず戻ってくるさ。……この子と一緒にね」

お滝に頭を撫でられ、黒猫は可愛く啼いた。しかしお花はまだ爪を嚙んでいる。

するとお紋がぬっと顔を出し、にっこりした。

「お花、大丈夫だよ。この姐さんはね、お父っつあんと同じぐらい、いや、それ以上に強いだろうからさ。子分どもをちゃんと戒めてきてくれるよ！」

お滝は「はい」と力強く頷いた。

明日早くにも発ちたいからと、お滝は少しして帰った。

静かになった店の中、お市は木暮と桂に酌をする。花器に飾った牡丹に目をやり、お市は微笑んだ。

「ねえ、久兵衛さんって、もしやお滝さんにああ言わせたくて、あんな大それたことを企んだのかもしれないわね」

木暮と桂も静かに笑む。

「もしかしたら、子分どもに謎が解けるとは端から思ってなかったのかもしれねえな。奴らには、ただお滝を探し出してもらいたかっただけなのかもな」

「そして自分の真の思いを、お滝さんから皆に伝えてもらいたかったんでしょうね」

木暮は酒を啜り、宙を睨む。

「久兵衛は、このような展開になることを期待してたってことか。……お滝を探して連れてきたものの、ドジな手下どもはどうしても謎が解けず、いったん引き上げる。その間に、嗅ぎつけた町方が強力な助っ人とともに謎を先に解き、遺した文が無事お滝に渡る。父親の真の思いを知ったお滝は、引き上げた手下どものところへ赴き解散を言い渡す、と」

「そうすれば、子分たちも捕まることはないものね」

「そうなんだ。謎が易々と解けて、のこのこ現われて俺たちに取っ捕まっちまったら、盗賊の一味だったってことで遠島か、下手したら死罪だからな」

「子分たちがドジだったがゆえに、久兵衛の思惑どおりに運んだのかもしれませんね」

「そこまで本当に見越していたとしたら、久兵衛って大した男だな、やっぱり」

木暮は腕を組み、息をついた。そんな木暮を、お市は流し目で見る。

「ところで……さっきぽろりと仰った〝強力な助っ人〟って、もしや私たちのこと？」

「え？……あれ、そんなこと俺、言ったっけ？」と木暮はとぼけて小鬢を掻く。

「どうやら覚えがないようですね」と桂も笑っている。

「もう、旦那ったら」

お市に優しく睨まれ、木暮はにやけた。

すると戸が開き、うろうろ舟の茂平が入ってきた。

「弁当、とても好評だよ。今日もすっかり売れちまった」

茂平は嬉しそうに告げ、売り上げの中から約束の額をお紋に渡した。

「何か食べていくか」と茂平も座敷に上がり、〝鯣烏賊（するめいか）と大根の煮物〟を注文する。お紋は茂平に料理と酒を運んだ。

「お疲れさま。明日もよろしくね」

「おう、こちらこそよろしく」

お紋に注いでもらった酒をぐっと呑み、茂平は煮物に箸を伸ばす。まずは大根を頬張り、大きく頷いた。

「煮汁と烏賊の旨みがたっぷり染み込んで、くううっ、旨えなあ！」

冷ましているので、煮物の旨みをより感じるのだろう。

「茂平さんのおかげで、大根の料理、とっても好評だよ。いつも本当にありがとね」

「いやいや、板前の腕がよいからだよ。まあ、俺が作った大根だから、素材も間違いはあるめえが」

「間違いない美味しさだよ。さっきのお客さんなんて、『水菓子みたい』って言ってたさ」

「おう、ありがたいねえ。しかしこの煮物、絶品だわ。烏賊も軟らけえなあ。甘さを抑えてるのが、またいいぜ。酒が止まらなくなっちまう、どうすりゃいいんだ」

茂平は嬉しいような困ったような顔で、燗酒(かんざけ)を一本頼む。茂平は夏こそ燗酒を呑むのが好きなのだ。

お紋は「ちょいと待っててね」と板場へいき、燗をつける。温まるのを待つ間、板場の近くに座っている木暮たちに、口を挟んだ。

「兎に角さあ、宝探し事件のほうは解決出来てよかったね。でも、又六って人を殺めた下手人はまだ捕まってないんだろ？」

「まあな。……俺は、又六は金強奪事件のほうにも関わってたんじゃないかって踏んでるんだが、まだはっきり分からねえな」

　お紋が身を乗り出す。

「なんだって？　あっちのほうにも絡んでいたっていうのかい？」

「うむ。又六の殺され方の惨さが、金強奪事件の惨さと重なるんだ、どこかでな」

「血塗れで、盃を握り締めていたのですが、あまりに強く握っていたので、指がなかなか離れなかったんですよ。指が食い込んでいるのではないかと思うほどに。死後の硬直ということもあるのでしょうか」

　お紋は、桂が持っている盃に、目をやった。そして「盃……盃か」と呟きを繰り返す。板場では、鍋の中で徳利が音を立てている。

「大女将、つかりましたよ」と目九蔵が声を掛けても、お紋は気づかない。仕方ないので目九蔵が熱燗を茂平に運ぶ。

「大女将、どうした?」

木暮が問いかけると、お紋は我に返ったように「ああ」と声を漏らした。

「又六さんが盃を握り締めてたってことは、私ゃあ初めて聞いたよ」

「そういや話さなかったかもな」

お紋は一息つき、目を瞬かせた。

「又六さんを殺した者、誰か分かったような気がするよ」

その時、茂平も「ああっ、思い出した!」と叫んだ。

四

木暮は忠吾を伴い、亀島橋を渡り、川の流れに目をやりながら、歩を進めた。この辺りは川に囲まれていて橋が多いのだ。朝早いので、暑さもまだそれほどではない。

一ノ橋を渡り、濱町へと向かう。長屋へと入り、その一軒の前で、腰高障子越しに声を掛けた。

「あ、木暮の旦那。忠吾まで。お疲れさまです」

岡っ引きの亀次は、口をもぐもぐさせながら出てきた。女房と朝餉の途中だったようだ。「話があるんで、ちょっと顔を貸してくれねえか」

亀次は「へえ」と頷き、外へ出た。木暮と忠吾は、長屋から少し離れたところまで亀次を連れていき、向かい合った。朝空の下、木暮の低い声が響く。

「おい亀次、又六をどうして殺した？」

「……へえ、なんのことで」

亀次は表情一つ変えずに返した。木暮と忠吾はにじり寄る。木暮は亀次の胸倉を摑んだ。

「いいか？　又六が指が離れないほどに強く握っていたのは、盃だった。最後の力を振り絞って、転がっていた盃を摑んだということだ。それに意味を籠めるつもりでな！」

亀次は木暮から必死で顔を背ける。木暮はさらに揺さぶった。

「お前らの背中に彫られた刺青。あれには花札の図柄が秘められていただろう？　花札で盃といえばなんだ？　そう、菊だ。〝菊に盃〟という札があるものな。又六は『俺を殺ったのは菊の刺青がある奴だ』という伝言を残したくて、握り締めたんだろうよ。そして菊の刺青がある奴といえば、亀次、お前だ！」

前からは木暮が揺さぶり、後ろからは忠吾がどつく。二人に挟まれ、亀次の額に玉の汗が浮かぶ。亀次は蒼白になり、崩れるようにしゃがみこみ、土下座をした。

「旦那、忠吾、許してください！　又六の奴、おいらの女房に酷いことをしたんです。一軒家に閉じ込められていた時から、又六はお早に言い寄っていたんです。その時はおいらが目を光らせていたから大丈夫でしたが、戻ってきてから、おいらの目を盗んで、奴はお早を襲ったんです！　お早がどんな酷いことをされたかは、おいらの口からは言えませんや。これは女敵討ちですぜ！　女房を寝盗られて、おいら、カッとしちまって……だから、どうかお情けを」

亀次は萎縮し、頭を土に擦りつける。木暮は身を屈め、亀次の額を指で弾いた。

「おい、そんな嘘っぱちが通用するとでも思ってんのか？　亀次、お前と又六はかつて〈月影党〉の盗賊仲間だった。ともに〈月影党〉を抜けて数年が経ち、ここ最近は、ともにまたほかの盗賊たちの仲間だったんじゃねえのか？　板橋近辺を巣窟としている、〈蝮の治平〉一味の仲間だったんだろう！」

亀次は目を大きく見開き、がくがくと震える。

「へ、へえ。いったい、なんのことで」

掠れる声を絞り出すも、木暮と忠吾は容赦ない。

「しらばっくれやがって。てめえを、板橋宿の先の清水村で何度か見掛けたって者がいるんだ。てめえ、あんなところで何してたんだ？　その者は言ってたぜ。向こうからぶつかってきたのに、謝るどころか鋭い目で睨みつけられ、『気をつけろ、爺い！』と怒鳴りつけられたとな。それでおめえを覚えていたんだそうだ」

――その時と雰囲気があまりに違ったんで、なかなか思い出せなかったけれど、ようやく思い出した。俺を怒鳴ったのは、確かにあの岡っ引きだ。清水村で見掛けた時は人相がそりゃ悪かったけどな。肩で風を切って歩いていて、破落戸のようだった――

茂平は確かにそう証言したのだった。

忠吾は立ったまま、亀次の背を押した。

「そういや、金強奪事件の探索、確かにおかしいところがあったぜ。与力の藤江様に、てめえは力説したよな。盗んだ金は、川の底、井戸の底に隠されているんじゃねえかと。それで藤江様はすっかりその気になっちまって、手下を総動員してあらゆる川と井戸を探させた。でも結局、見つからなかったよな。あれで時間を喰っちまったんだ。てめえ、探索を混乱させるために、わざとあんなことを言ったんじゃねえのか？」

忠吾は亀次の背に足を乗せ、力を掛けた。大男の忠吾に踏みつけられ、亀次の額から汗が滴り落ちる。

「それによ。金を運んだと思しき荷車を見つけたのはあっしたちだったが、あの時はてめえが『こっちのほうが匂う』とあっしを引っ張っていったんだよな。川のほとりへとよ。あれ、てめえが自分で置いたのだとしたら、知ってて当然だよな。荷車を見つけたってことで、てめえは自分が一目置かれるように仕向けたんじゃねえのか？　おい、亀次、正直に言いやがれ」

忠吾は足にぐっと力を掛けていく。亀次は堪えきれず、地面に這いつくばった。木暮が追い打ちをかける。

「実はよ、もうだいぶ調べはついてるんだ。〈蝮の治平〉一味が、凶悪な連中だということもよ。奴らが金強奪事件の下手人として、なるほど、荷車の轍がなかなか見つからなかった訳が分かったぜ。雨が轍を消したというだけじゃねえ。奴らは来た道をまた引き返していったんだ。板橋宿のほうから江戸へ入ったところで襲い、板橋宿のほうへ引き返していって、荷車を途中で乗り捨て、あとはほかの荷車もしくは馬で運んだんだな。その乗り捨てた荷車を、川のほとりまで引っ張っていったのが、亀次、てめえだったんじゃねえか?」

亀次は顔を泥だらけにし、歯を食い縛る。忠吾の体重が、亀次を苛む。木暮は続けた。

「てめえが又六を殺ったのは、一味の奴らに命じられたからだろう? 贋の極印を造らせた又六が邪魔になったたって理由で。なるほど岡っ引きを仲間に入れとけば、悪党どもも助かるわな。探索を混乱させてくれるし、巧みに後始末までしてくれるしな。てめえ、女房と一緒に、又六を殺ったんだろう? もしや女房の色仕掛けで又六を油断させたところで、てめえが押し込み、襲ったんじゃねえのか? 又六を始末して、てめえ、報酬でももらったか? でもよ、気をつけたほうがいいぜ。奴らは今度はてめえと女房を殺るかもしれねえぜ。邪魔になったって理由でよ」

木暮が凄むと、亀次は「ひええ」と呻き声を上げ、両手で土を掴んだ。爪にぎっしり喰い込むほどに。

「奴らに殺られたくないなら、吐いちまえ。自首ということにしてやるからよ。

そしたら僅かでも罪が軽くなるかもしれんぞ」

「はいっ、はい、話します……すみません……話します……許してください」

忠吾は亀次の背から足を下ろし、啜り泣く亀次を支えて立たせてやった。そして、思い切り殴った。亀次は再び地面に倒れた。口の端から血を流しながら。

「莫迦野郎！　久兵衛の御頭の気持ちも知らねえで！」

亀次を怒鳴り飛ばす忠吾の目から、涙がぽろりとこぼれた。忠吾は亀次を見据え、唇を震わせる。そして腕で目を拭うと、懐から久兵衛の文を取り出し、亀次に押しつけた。

「久兵衛の御頭が、てめえに残した文だ。御頭はな、てめえが〈月影党〉をやめてからも、てめえのことをずっと気に懸けていたんだ。見栄っ張りでほら吹きの、てめえのことをよ！」

亀次は口元の血も拭わぬまま、文をじっと見詰め、中を開いた。

久兵衛が選んだ六人は、目をかけてはいたものの、その行く末を心配していた者たちだった。

六人とも根は気のよい者たちだが、どうにも危(あや)うげだったのを久兵衛は見抜いていたのだ。

お袖は惚れっぽくて、いつか男で身を滅ぼしそうだった。

亀次は見栄っ張りで、嘘をつくことが多く、それでいつか失敗しそうだった。

お早は当時まだ亀次と夫婦になっていなかったが、同じく虚言が多く、その二人が一緒になったらよからぬことをしそうだった。

金太は一見お調子者だが、喧嘩っ早くて、怒ると口汚く相手を罵る。それが災いして短命なのではないかと思えた。

岩谷権内は剣の腕があまりに立つので、いつかそれを悪用して、人斬りにでもなってしまいそうなのが心配だった。岩谷は決して言わなかったが、もう既に何人か斬り殺しているようにも思われた。

又六は鋳掛師の腕を持っているものの、金に酷く執着がある。自分のもとを去ったら、もっと手荒に稼いでいるほかの盗賊団に入ってしまうのではないかと危ぶまれた。

このような六人だから、いつか突然〈月影党〉を抜けてどこかへ去ってしまうだろうと、久兵衛は考えていた。

盗賊の御頭の中には、黙って足抜けした者はどこまでも追い掛け、見つけたら連れ戻して拷問にかける、などという者もいる。だが、久兵衛は「去る者は追わず」と、そのようなことは決してしなかった。「せっかく抜けたのだから、堅気として静かに暮らしていってほしい」とさえ願ったのだ。

久兵衛は話の分かる御頭だった。だから〈月影党〉から抜けたいと決意した者は、久兵衛と話し合って許しをもらい、大方は円満にやめていった。そのような者たちは堅気になった後も、久兵衛に挨拶をしに、正月の集まりなどには必ず顔を出した。それゆえ久兵衛は、やめていった者たちの消息はだいたい把握していた。面倒見のよい久兵衛は、かっての子分たちだって疎かにせず、困り切っている時には援助することすらあったのだ。

しかし、例の六人は、突然いなくなってしまいそうだったし、円満にやめたとしても、やがて音沙汰がなくなってしまいそうだった。六人は気まぐれでいい加減、でも久兵衛にとって、どうしてか憎めない者たちだったのだ。

親にとって、愚かな子ほど可愛いという。親分の久兵衛にとっても、そういった子分たちほど可愛かったのだろうか。

久兵衛は御頭になった頃から、自分の死後のことを考えていた。盗賊の御頭であれば、いつ何時、突然捕まるとも限らないからだ。久兵衛は死というものを常に意識しており、六人が〈月影党〉にいる頃から、貯めた金品を少しずつ光照寺へと移していたのだ。

自分の死を意識すると、気懸かりな子分たちの行く末もまた、案じられた。その者たちが無言で去ってしまえば、完全に縁が切れてしまうだろう。

盗賊をやめて堅気になってくれるのは賛成だが、久兵衛から見てその六人にそれを望むのは、どうも難しいようだった。そこで久兵衛は自分の死後も六人を支えてあげられるように、宝を僅かでも残してあげたかった。励ましの言葉とともに。

その想いは、娘のお滝に対する想いにも似ていただろう。

六人がそれほど心配ならば、遺言に直接、名指しで遺産を分け与えるよう書き残せばよいのだろうが、久兵衛は子分たちの気性もよく知っていた。

そんな遺言を残しても、やめていった者たちを探し出すなど、子分たちは面倒くさがってやる訳がないと分かっていたのだ。わざわざ金子を渡すはずがない。

自分たちのものにしてしまうに違いない。

だが彼らの刺青に、宝の在処の手懸かりが秘められているというなら、話は別だ。子分たちはどんな手を使ってでも、六人を探し出すだろう。久兵衛はそう考えたのだ。

これは木暮たちが、後に光照寺の住職から聞いたことだが、久兵衛は宝探しの結末を三通り予想していたそうだ。

子分たちがなんとか難しい謎を解いて宝に辿り着ければ、光照寺の住職が、金品と文を皆に均等に渡してくれるだろう。

もし宝探しをしているうちに揉め事が起き、町方などの役人が出てきて先に見つけられてしまった場合、金品は没収されてしまうかもしれないが、久兵衛の思いを託した文は、皆に届くだろう。

そして、真相に誰も辿り着くことが出来なかった場合のことも、久兵衛は考えていた。もし自分の死後、三年が経っても誰も訪れない場合は、光照寺へすべて寄進する。皆へ宛てた文は海へ流してほしいと、住職に頼んでいたという。

『切ないが、それも運命だろうな』と久兵衛は笑っていたそうだ。

住職は、たとえ三年が過ぎても、宝と文を、そのまま大切に仕舞っておくつもりだったという。久兵衛の志を、いつか誰かが見つけてくれるまで。

《亀次、お前にはどうか堅気で生きていってほしい。お前は本当は優しい男だからな。気が弱いところがあるから、自分を大きく見せるために、つい見栄を張ってしまうのだろう。でも、ほらは吹くなよ。自分の吹いたほらに、呑み込まれてしまうからな。

亀次、俺はお前を信じているぞ。お前がいつか、誰からも慕われる立派な男になって、人の幸せのために活躍していることを。荒くれだった頃の傷を温もりに変え、人々を癒やしていることを。

そんなお前を、お早が支えていることを》

久兵衛が遺した文を読み終えると、亀次は突っ伏し、噎び泣いた。

「御頭、ごめんなさい、御頭！」と喚きながら。

亀次はすっかり白状し、女房のお早も捕らえられた。

金太の植木鋏を盗んだのは亀次、幽斎のところにお滝の居場所を視てもらいにいったのはやはりお早だった。

亀次は又六殺しの疑いを、金太もしくは舟で連れ去った者たちに向けさせようとしたが、ついに足がついてしまったという訳だ。

久兵衛からの文を読むと、お早も泣き崩れた。「どうしてこんな愚かなことをしてしまったのでしょう」と。

《お早、お前も見栄っ張りゆえ、ほらを吹くことが多かったな。でも女は素直が一番だ。見栄っ張りの女なんて、ちっとも可愛くないぞ。愛嬌を忘れるなよ。お前は笑顔が一番可愛いからな。お前の笑顔で、亀次を幸せにしてやれよ》

探索は町方がしたものの、盗賊たちを捕らえるのは火付盗賊改方の出番となった。火付盗賊改方総出で、清水村の〈蝮の治平〉の巣窟へと乗り込んだのだ。盗んだ金は、半分はそのまま、もう半分は贋金の姿に変わり、巣窟の奥に隠されていた。こうして〈蝮の治平〉の一味、総勢二十名は取り押さえられた。見事な大捕物であった。


木暮は残りの文を持ち、各々に渡しにいった。

まずは上野山下の水茶屋〈あづま〉に赴くと、お袖は奥へと通してくれた。

お袖は「お騒がせいたしました」と木暮に頭を下げた。「いいってことよ」と木暮は笑う。お袖は背中に刺青があることなど嘘であるかのような、女将らしい佇まいだ。

　木暮はお袖に、久兵衛が遺した文を渡した。お袖はそれを食い入るように、何度も読んだ。

《お前は美人なのだから、くれぐれもその美貌を粗末にするなよ。男に騙されるぐらいなら、手玉に取ってやるぐらいの意気込みでいろ。お袖、お前は〈月影党〉の華だったな。ずっといつまでも、いい女でいてくれよ》

　お袖は息をついた。

「この文が宝だったという訳ですね」

「久兵衛はお前さんに金子も残してあったよ。まあ、大騒ぎするほどの額ではなかったけれどな。だが、それは没収しちまった。骨折り損のくたびれ儲けという訳だ。残念だったな」

　お袖は首を横に振り、さっぱりとした笑みを浮かべた。

「いいんですよ、金子じゃなくたって。そりゃ正直、ちょっと残念だけれど。でも、もっと大切なものがあることぐらい、私にだって分かりますよ。さすがは御頭です。素敵な宝を残してくれました。勝手に抜けていった私を、ずっと心配してくれていたなんて……。そんな優しさは、金子じゃ買えないじゃないですか。

私、ずっとずっと大切にします、御頭のお言葉。この文、家宝ですよ。お墓参りにもいかなくちゃね」

お袖は目尻を指でそっと拭う。出してくれたお茶を啜り、木暮は訊ねた。

「月影久兵衛ってのは、ずいぶん男気のある御頭だったんだな。女にもてたんじゃねえのかい？」

お袖はくすっと笑った。

「そのとおり。私だって、本当は御頭に惚れてたんですからねえ。でも御頭は私なんかちっとも相手にしてくれなくてね。それでほかの男たちと戯れに付き合ったりしていたんです。やがて御頭への思いが重くなり過ぎて、息苦しくなって逃げちまったってことなんですよ」

――お袖と久兵衛の間柄は、どうやら、お滝と松義丸との間柄に似ていたようだ。

――久兵衛やら松義丸やら、お滝もそうだが、どいつもこいつも頑固な奴らだ

――

木暮は苦笑しつつ、ふと思い当たった。

――松義丸がお滝の想いを拒んだのは……もしや母親が異なる兄妹だったからなんてことはなかろうか。お滝はそれを知らなかったが、松義丸は知っていたと

したら——

　木暮は久兵衛にも松義丸にも会ったことはないが、不意に三人が重なり合ったのだ。その三人の血や魂が、どこかで繋がっているかのように。

　だが、木暮は首を振り、思い直した。

　——今更、そんな無粋なことを考えるのはよそう。松義丸の真の想いがお滝にちゃんと伝わったのだから、それでいいってことよ——と。


　次は神田平永町に赴き、岩谷権内の住処を訪ねた。岩谷は「御足労かたじけない」と丁寧に礼をし、文を開いた。

《貴殿の腕前、見事と思う。剣は殺めるためのものではなく、人を守ってやるものだ。貴殿の剣で、どうか人を助けてやってくれ。救ってやってくれ。貴殿の腕なら、それが出来ると思うのだ》

　文を見詰めたまま無言の岩谷に、木暮は言った。

「相当強いのだな。久兵衛も一目置いていたのだろう」

「いや」と岩谷は首を振った。

「御頭のほうがずっと強かった。拙者が〈月影党〉から離れたのは、御頭の腕前が煩わしく思えてきたからだ。決して倒せぬ方だった、御頭は」

そしてぽつりと付け加えた。

「墓参りにいかなくては」と。

先日金太に渡した文には、このようなことがしたためられていた。

《お前はカッとしやすく、口が悪いところがあるから、そこを直せよ。悪い言葉を吐くと、悪いことが返ってきちまうぜ。悪いものを食べると、躰が悪くなるだろう。口に入れたり、出したりするものってのは、気をつけなきゃな。よい言葉を口から出して、よいものを食べていれば、運も躰もよくなるぜ。カッとなったら、俺のこの言葉を思い出せよ。よい男になって、皆を和ませてやれな》

最後の一人は、亡くなった又六だった。木暮は又六が葬られている寺を訪ね、質素な墓へ、門前で買った花とともに文を供えた。

《今頃になって俺は思う。人の幸せというのは、金儲けなんかではない。どれだけ、好きなことに打ち込めるかだ。

お前には鋳掛の仕事がある。お前の腕のよさは、俺も充分知っている。どうか親父さんの後を継いで、親父さんを超えるような立派な鋳掛師になってくれ。祈っているぞ》

木暮が手を合わせて拝(おが)んでいると、蛍(ほたる)のような黄金色(こがねいろ)の光が通り過ぎた。それはまるで、又六の魂の如く見えた。

すべてが一段落し、木暮は〈はないちもんめ〉で桂、忠吾、坪八とともに羽目(はめ)を外した。

「いやあ、あの〈蝮の治平〉一味を捕らえた時は爽快だったよなあ！　捕らえたのは火付盗賊改方だが、突き止めたのは俺たちよ！　俺様の奉行所での格も上がってきちまったぜ」

酔っ払って調子に乗る木暮に、お紋がぴしゃりと言う。

「なんだい偉そうに。今回だって、茂平さんと私が気づかなかったら、亀次や〈蝮の治平〉の一味を捕まえるなんてこと出来なかっただろ？　もっとありがたがってほしいもんだね」

痛いところを突かれ、またまた木暮はぐうの音も出なくなる。〝菊と盃〟から又六を殺ったのは亀次ではないかと察したのはお紋であり、清水村で見掛けた柄の悪い男が亀次だったと気づいたのは茂平だった。自分が作った夏大根を食べているうちに、思い出したという。

目九蔵の頭も冴えていた。

「亀次さんってもしや出を嘘ついてませんか？　ほんまに筑前の生まれですかな？　前、ここにいらした時、〝素魚（しろうお）〟と〝白魚（しらうお）〟の区別がついてなかったんですわ。筑前のほうでよく食べられるのは〝素魚の躍り食い〟であって。白魚の食べ方に躍り食いなんてありませんわ。それを知らないってことは、筑前ではないんちゃうかと。出を誤魔化しているということは、ほかにも何か誤魔化していることがあるんちゃいますか」

一同の話を合わせて考え、木暮は亀次を締め上げることを決めたのだった。

木暮は茂平には本当に頭が上がらなかった。茂平が清水村で亀次に怒鳴られていなかったら、〈蝮の治平〉たちの巣窟を摑み損ねていたかもしれないからだ。

「いや、もう、今回もまことに皆のおかげだ。大いに呑み食いしてくれ！　ほら忠吾、もっと呑んでいいぞ、今日はな」

「はい、ありがとうございやす」と答えながらも、忠吾はどこか浮かない顔だ。

亀次のことを思うと、やはり胸が痛むのだろう。

お市は微笑み、忠吾に酌をした。

「旦那がああ仰ってるのだから、心ゆくまでお呑みくださいね」

「すみやせん」と忠吾は恐縮する。そこへお花が料理を運んできた。

「お待たせしました、〝穴子の南蛮漬け〟です。ほら兄い、くさくさしてないで、豪快に食べてよ！」

「あ、はい」と忠吾は頭を掻く。

南蛮漬けの甘酸っぱくも芳ばしい匂いが、食欲をそそる。木暮は舌舐めずりした。

「穴子ってのがまたいいよなあ。では早速」

木暮は頬張り、恍惚の笑みを浮かべた。

「嚙み締めるとよ、汁がじゅわっと溢れるのよ。揚げた穴子を漬け込んだ汁がよ。それが堪らんわ」

「衣(ころも)にも染み込んでるのに、さくさくした歯ざわりというのが、また」

「とても旨くて吃驚ですが、どうして南蛮漬けちゅうんですかな」

「唐辛子(とうがらし)を使ってるからじゃないかな。別名を南蛮辛子っていうみたい。唐辛子や葱と一緒に酢漬けにするんだよね。南蛮人が好きな味付けなんだろうね」

お花が答えると、坪八は「なるほど」と、ちゅうちゅう感嘆する。

「ふっくらと脂の乗った穴子は、南蛮漬けが合いやすね。酸っぱいのがいいですわ」

忠吾も頬張り始める。皆、あっという間に穴子の南蛮漬けを食べ終え、お紋が次の料理を持ってくる。

「はい、〝南瓜(かぼちゃ)の煮物〟だよ。躰にいいからね、どんどん食べてねえ」

仄かに甘い香りの漂う、ほくほくとした煮物に、皆の目尻が下がる。桂が言った。

「なるほど、南瓜も南蛮人によってもたらされたものですね」

「さすが桂の旦那だよ！　いえね、食べ物にはさ、異国からもたらされたものが結構あるんだよね。そのおかげでこんなに美味しい南瓜を食べられるんだから、ありがたいことだよ」

一同、「まことに」と頷き、微かに湯気が立つ南瓜の煮物に箸を伸ばす。軟らかな自然な甘みが、口の中で蕩けていく。

「ほっこりするなあ」

「穏やかな味わいですねえ」

「なんか……温泉に浸かっているような気分になりやす、こういう煮物を食いますと」

忠吾の発言に、皆の食べる手が一瞬止まる。

「温泉ねえ……分かるような分からんような」

「えらく幸せな気分になる言わはりたいんですな、親分は」

「そういうことだ」と忠吾は南瓜をむしゃむしゃ頬張る。

酌をしつつ、お市は微笑んだ。

「お酒にも結構合いますでしょ？」

「うむ、甘辛の味が染みてて、実に旨い」

木暮が唸ると、皆、大きく頷いた。

次の料理は再びお花が運んできた。

「〝穴子丼〟と〝粕汁〟です」

男たちは「おおっ」と声を上げ、待ち切れぬように丼を摑む。頬張り、嚙み締め、うっとりと目を細める。

「ふっくらした穴子にコクのある汁が滲んで」

「その汁が御飯にも染みて」

「噛む毎に絶品ですわ」

「御飯、いくらでもいけますぅ。骨も感じません。蕩けますぅ」

穴子には少し濃いめの味付けがよかったようで、皆、夢中で掻っ込む。そして粕汁の味に、一同、瞠目した。

「これまた上品な味わいじゃねえか！　まったりするぜ」

「南瓜と油揚げ、大根が入って、刻んだ大根の葉が散らしてありますね。南瓜がこれほど粕汁に合うとは……」

「粕汁にするなら、この三つの食材ですぜ」

「温まりまんなあ。汗が出てきましたわ」

「暑い時に汗掻きながら食べる粕汁ってのも乙だぜ」

皆、穴子丼も粕汁も、ぺろりと平らげてしまった。

「はい、〆は〝西瓜（すいか）〟だよ」

温かいものの後に、冷やした西瓜が出され、皆、大喜びだ。

「歯触りも味も、すべてが涼しげだなあ」

「西瓜も南蛮人がもたらしたんですよね、確か。南蛮尽くしでしたね」

　桂の言葉に、お市は微笑んだ。

「南蛮人が長崎に、西瓜と南瓜の種を持ち込んだと言われているみたいですよ。西瓜も南瓜もこんなに美味しいんですもの、もたらしてくれたことに感謝しませんと」

「あっし、西瓜なら丸ごと食えますぜ。いくら食っても飽きやせんわ」

　西瓜にかぶりついて種を飛ばす忠吾を眺め、木暮はほっとしたようだ。

「おう、忠吾、いつもの調子が出てきたようじゃねえか」

　忠吾は食べるのをやめ、木暮を見る。木暮はしみじみと言った。

「なあ忠吾、お前はいいところも困ったところもあるけどよ。お前みたいな手下を持てて、俺は本当に幸せだぜ」

　忠吾の目が不意に潤んだ。はないちもんめたちも、優しい目で忠吾を見詰める。

　皆がじんとしたところで、坪八がしゃしゃり出た。

「わても兄いのような親分がいて、幸せですぅ。こんな顔と図体（ずうたい）して、意外に繊細だったりするんですわ。そんなとこも好きですぅ」

　忠吾は坪八をぎろりと睨んだ。

「うるせえ！　おめえはその吃驚するような出っ歯で、黙って西瓜を齧ってろ！」

「へえ、そうしますぅ」

忠吾と坪八、凸凹男の遣り取りに、皆けらけら笑う。忠吾が元気になって本当によかったと思いながら。


お滝は名古屋へと赴いたまま、まだ帰ってこなかった。

心配するお花に、お市は言った。

「盗賊を解散するにも、色々やることが多いのよ、きっと。お滝さんはしっかりしているから、子分さんたちの今後について相談に乗ってあげているのかもしれないわ。それで帰るのが遅くなっているのよ」

お紋も孫の肩をそっと抱き、励ました。

「大丈夫、あの人は無事だよ。またふらりと戻ってくるさ。そう、猫みたいにね」と。

葉月（八月）になると暑さも弱まり、幾分過ごしやすくなる。店が休みの日、お花はいつものように両国の小屋にも出ず、幽斎の占い処へも行かず、鎌倉へと一人で向かった。光照寺を、一度、見てみたかったのだ。

江戸から鎌倉まで、小さな旅の気分だ。朝早く出たが、健脚のお花だから着くのにそれほど時間は掛からない。

少し涼しくなった風に吹かれながら、川を渡り、坂を上がっていく。

——お滝姐さん、元気かな——などと思いながら。

花と緑が溢れる小さな寺が近づいてきた。

寺の近くには御救小屋が建てられ、賑やかに炊き出しなどをしている。お花は木陰(こかげ)で一休みして、竹水筒の水を飲みながら、その様子を眺めていた。

その中に、老人や子供たちに囲まれ、黒猫を操る芸を披露している女がいた。

前よりずっと穏やかで優しい表情になっているが、あの美貌も婀娜っぽさも、確かにお滝だった。お滝は、一段と頼もしくなったようにも見えた。

もうすぐ十五夜だからであろう、振る舞われている団子を頬張りながら、誰もが黒猫の芸に夢中になっている。

老人の笑顔に囲まれ、子供たちに慕われ、楽しそうに微笑んでいるお滝の姿を眺めながら、お花の目頭は不意に熱くなった。

一〇〇字書評

切り取り線

購買動機（新聞、雑誌名を記入するか、あるいは○をつけてください）	
□（　　　　　　　　　　）の広告を見て	
□（　　　　　　　　　　）の書評を見て	
□ 知人のすすめで	□ タイトルに惹かれて
□ カバーが良かったから	□ 内容が面白そうだから
□ 好きな作家だから	□ 好きな分野の本だから

・最近、最も感銘を受けた作品名をお書き下さい

・あなたのお好きな作家名をお書き下さい

・その他、ご要望がありましたらお書き下さい

住所	〒				
氏名		職業		年齢	
Eメール	※携帯には配信できません	新刊情報等のメール配信を 希望する・しない			

この本の感想を、編集部までお寄せいただけたらありがたく存じます。今後の企画の参考にさせていただきます。Eメールでも結構です。

いただいた「一〇〇字書評」は、新聞・雑誌等に紹介させていただくことがあります。その場合はお礼として特製図書カードを差し上げます。

前ページの原稿用紙に書評をお書きの上、切り取り、左記までお送り下さい。宛先の住所は不要です。

なお、ご記入いただいたお名前、ご住所等は、書評紹介の事前了解、謝礼のお届けのためだけに利用し、そのほかの目的のために利用することはありません。

〒一〇一－八七〇一
祥伝社文庫編集長　坂口芳和
電話　〇三（三二六五）二〇八〇

祥伝社ホームページの「ブックレビュー」からも、書き込めます。
http://www.shodensha.co.jp/bookreview/

祥伝社文庫

はないちもんめ　夏(なつ)の黒猫(くろねこ)

令和 元 年 6 月 20 日　初版第 1 刷発行

著　者　有馬美季子(ありまみきこ)
発行者　辻　浩明
発行所　祥伝社(しょうでんしゃ)
東京都千代田区神田神保町 3-3
〒 101-8701
電話　03（3265）2081（販売部）
電話　03（3265）2080（編集部）
電話　03（3265）3622（業務部）
http://www.shodensha.co.jp/
印刷所　堀内印刷
製本所　ナショナル製本
カバーフォーマットデザイン　中原達治

 ISBN978-4-396-34539-6 C0193

祥伝社文庫の好評既刊

有馬美季子
縄のれん福寿（ふくじゅ） 細腕お園（その）美味草紙

〈福寿〉の料理は人を元気づけると評判だ。女将・お園の心づくしの一品が、人と人とを温かく包み込む江戸料理帖。

有馬美季子
さくら餅 縄のれん福寿②

生みの母を捜しに、信州から出てきた連太郎（れんたろう）。お園の温かな料理が、健気（けなげ）に悩み惑う少年を導いていく。

有馬美季子
出立（でた）ちの膳 縄のれん福寿③

一瞬見えたあの男は、失踪した亭主なのか。落とした紙片に書かれた謎の食材を手がかりに、お園は旅に出る。

有馬美季子
源氏豆腐（げんじどうふ） 縄のれん福寿④

〈福寿〉に危機が⁉ 近所に出来た京料理屋に客を根こそぎ取られた。だがお園は信念を曲げず、板場に立ち続ける。

有馬美季子
縁結び蕎麦（そば） 縄のれん福寿⑤

大切な思い出はいつも、美味しい料理とつながっている。細腕お園の心づくしが胸を打つ、絶品料理帖。

有馬美季子
はないちもんめ

口やかましいが憎めない大女将・お紋、美貌で姉御肌の女将・お市、見習い娘・お花。女三代かしまし料理屋繁盛記！